이것이 삶이다

이것이 법이다 45

2018년 10월 11일 초판 1쇄 인쇄
2018년 10월 16일 초판 1쇄 발행

지은이 자카예프
발행인 이종주

기획 팀 이기헌 왕소현 박경무 이승제
책임 편집 최전경

발행처 (주)로크미디어
출판등록 2003년 3월 24일
주소 서울시 마포구 성암로 330 DMC첨단산업센터 3층 318호, 319호
Tel (02)3273-5135 **Fax** (02)3273-5134
홈페이지 rokmedia.com **E-mail** rokmedia@empas.com

값 8,000원

ISBN 979-11-294-0828-0 (45권)
ISBN 979-11-255-9575-5 04810 (세트)

자카예프 장편소설

이 소설은 픽션입니다.
등장하는 인물 및 지명 등은 현실와 연관이 없습니다.
또한 소설 내에 나오는 법이나 법리 해석의 경우에도 대중문학의 극적 전개를 위하여 일부분 과장되거나 변형된 것이 존재하니 실제 법과 혼동하지 않으시길 바랍니다.

CONTENTS

납치는 살인이나 마찬가지 7

친절한 가족들 49

손님이 아니라 손놈 79

진상을 만나다 115

진상, 그 이상의 진상 143

신념이 아닌 욕망 179

대안이 기준이다 209

홈런? 홈런이 아니라 강간이다 277

납치는 살인이나 마찬가지

"그런가요."

노형진은 미국으로 와서 현지 직원에게 도움을 요청했다.

이번 사건을 담당하게 된 로렌은 고민스러운 얼굴이 되었다.

"놀랍지는 않으신가 보네요?"

"애석하게도 한국뿐만 아니라 다른 나라에서도 벌어지고 있는 현상이니까요."

"에?"

생각지도 못한 대답에 노형진은 깜짝 놀랐다.

다른 지역에서도 벌어지고 있는 현상이라니?

노형진이 놀라는 것을 본 로렌은 아무래도 설명이 더 필요하다고 생각한 것인지 관련 사건에 대해서 설명을 해 주기 시작했다.

"전 세계적으로 아이의 실종은 많은 편이지요. 미국에서는 아동을 해외 입양 하는 게 불법은 아닙니다. 하지만 그에 따라 내는 사례비가 적지는 않지요."

"그건 알지요."

"그렇다 보니 전 세계에서 이런 식으로 보내지는 아이들이 적지 않다는 사실은 저도 들어서 알고 있어요."

"적지 않다?"

"네, 애석하게도요."

자신들은 이 문제를 이제 알았다. 그런데 미국은 이미 알고 있었다는 사실에 노형진은 깜짝 놀랐다.

"그런데 대응을 안 해요?"

"안 하는 게 아니라 못 하는 거죠. 다른 나라니까. 우리가 할 수 있는 것은 들어오는 아이들의 복지에 대해서 신경을 쓰는 것뿐이지요."

"끄응…… 그렇군요."

다른 나라도 마찬가지일 것이다.

그곳에서도 돈을 노리고 하는 것인 만큼 납치되는 아이들은 말을 하지 못할 정도로 어린 아이들일 가능성이 높으니, 공식적으로 고아로 등재된 아이들의 가정을 미국이 일일이 찾아내는 것은 사실상 불가능하다.

"솔직히 의외군요. 한국은 다른 나라에 비해서 선진국 아닙니까? 아이들을 납치할 정도까지는 아닌 것 같은데요."

"돈 앞에서는 장사가 없다고 하지요. 돈만 된다면 뭐든 하는 인간은 널리고 널렸으니까요."

보통 이런 일이 벌어지는 곳은 아프리카나 중동같이 상대적으로 가난하고 생활이 어려운 나라들이다.

그런데 한국은 선진국이라고 볼 수 있는데 그런 나라에서 납치라니.

'시스템이 잘못되어 있어.'

아이들을 수출하는 것은 명백하게 잘못이다.

그런데 그걸 고치지 않고 수십 년을 내려오니 이런 일이 벌어지는 것이다.

"사정은 이해하겠지만 미국에서는 애석하게도 그런 일을 해결할 관할권이 없습니다."

"압니다. 다만 우리 쪽에서 범인을 추적하기 위해서 그들을 특정하려고 하는 겁니다."

"특정한다고요?"

"네. 그들이 보낸 아이들의 사진이 있을 거 아닙니까?"

"확실히 그렇지요. 아! 이해하겠습니다."

모든 아이들은 서류상 사진을 남기도록 되어 있다.

그리고 당연하게도 실종된 아이들의 부모들에게는 수백 장의 사진이 있다.

"그걸 비교하면 찾을 수 있을 것 같군요."

"확실히 가능하겠군요. 하지만 시간이 좀 걸리겠는데요."

"그건 그러네요."

물론 한국에서 미국으로 오는 아이들의 수가 많은 것은 아니다.

하지만 몇 년간의 기록, 거기에다가 실종된 아이들의 얼굴을 노형진과 손채림이 모조리 기억할 수 있는 것은 아니니까 일일이 대조해야 한다.

"우리 쪽에서 좀 도와드릴까요?"

"도와주신다고요?"

"우리들은 미아 쪽도 같이하고 있으니까요."

"네?"

"안면 인식 프로그램이 있습니다."

"아!"

안면 인식 프로그램이란 얼굴을 수치화해서 그걸 다른 사진들과 비교해 주는 프로그램을 뜻한다.

"하지만 아이들이라 성장하지 않았을까?"

손채림은 그 말을 듣고 걱정스럽게 말했다.

확실히 성장해서 얼굴이 달라졌다면 안면 인식 프로그램이 인식을 못 할 수도 있다.

안면 인식 프로그램은 성인을 기본으로 개발한 거라 아이들의 성장까지 예측하지는 못하니까.

"그런가요?"

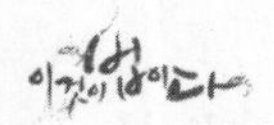

"아니요, 상관없습니다."

"상관없다고요? 동시에 하실 생각인가요?"

"그건 아닙니다. 하지만 한 명만 찾아낼 수 있다면, 그 회사에 대해서 조사하면 되니까요."

"아!"

이런 짓거리를 하는 곳이 많은 것은 아닐 것이다.

만일 생각보다 빠른 시일 내에 미국으로의 입양이 진행되었다면 안면 인식 프로그램으로 한 명쯤 찾을 수 있다는 뜻이고, 그 회사의 기록을 뒤지면 아이들을 전부 찾을 수 있을지도 모른다.

"그럼 부탁드려도 될까요?"

노형진은 가방에서 사진을 꺼내서 내밀었다.

그걸 본 로렌의 눈이 미미하게 떨렸다. 그 안에서 수백 장의 사진이 나왔던 것이다.

"총 네 명의 아이들이 발견되었습니다."

수백 장의 사진. 그중에서 네 명이 발견되었다.

"생각보다 적군요."

"적은 건 아니죠. 다 끝난 게 아니니까요."

"네?"

"미드에서처럼 그거 하나 돌려서 결과가 나오는 데 몇십 분이 걸리는 건 아니랍니다. 하지만 공통점이 발견된 이상 길게 끌 필요는 없다고 생각해서 일단 가지고 온 겁니다."

로렌은 그렇게 말하면서 발견된 네 명의 아이들의 신상을 건넸다.

그걸 본 노형진의 눈빛이 흔들렸다.

자신들이 가지고 온 사진과 비슷한 외모의 아이들.

공포에 질려서 잔뜩 얼어붙어 있는 아이들.

그런 아이들의 사진을 보면서 노형진은 입안이 씁쓸했다.

"현재 이 아이들이 발견되었습니다. 지금 프로그램을 이용해서 계속 검색하고 있고요."

미국은 아이들의 인권에 대해서 상당히 신경을 쓰는 나라 중 하나다. 그러니 이런 식으로 아이를 납치해서 팔아먹는 자들에 대해서는 용서를 할 리 없다.

'미국 내에서는 뭐, 처벌받을 만한 사람이 없겠지만.'

미국 정부도 모르는 것을 개인이 알아서 신고할 수는 없으니까.

결국 한국에서 납치하는 납치범들이 문제다.

"온달아동복지센터라는 곳이군요."

"온달이라……."

노형진은 그 말을 듣고는 턱을 문질렀다.

'확실히…….'

자신이 자선단체를 다 아는 것은 아니지만 온달아동복지센터라는 곳은 처음 들어 봤다. 그건 누구나 마찬가지일 것이다.

"잠깐만."

손채림은 인터넷에 들어가서 관련 정보를 찾기 시작했다. 그런데 곧 고개를 갸웃할 수밖에 없었다.

"없는데?"

"뭐?"

"관련 정보가 하나도 없어."

"뭐?"

"자선단체라면 뭔가 있어야 하는 거 아냐?"

"그렇지."

"그런데 관련 정보가 하나도 없어."

보통 자선단체들은 정부의 지원을 받거나 국민들의 기부를 받기 위해서 홈페이지를 만들거나 그도 안 되면 블로그나 카페라도 만든다. 그리고 몇몇 사람들은 그 관련된 기록을 자신의 블로그에 남기기도 한다.

그런데 어디에도 온달아동복지센터라는 곳에 대한 정보가 없었다.

아니, 홈페이지는 있기는 했다.

"이게 홈페이지라고?"

노형진은 홈페이지를 보고 기가 막혔다.

기본적인 툴로 만들어진 허름한 홈페이지에는 제대로 된 정보도 없었다.

주소가 있기는 하지만, 그걸 적은 손채림은 고개를 절레절레 흔들면서 자신의 스마트폰을 내밀었다.

거기에는 뜬금없는 하천 한복판이 표시되어 있었다.

당연히 전화번호도…….

—이 번호는 없는 국번이오니…….

"상당히 수상한 곳이군요."

로렌은 어이가 없다는 표정으로 말했다.

"여기서는 연락을 안 하나 보죠?"

"여기 등록된 번호는 전혀 다른 번호군요."

그녀는 전산상에서 새로운 번호를 찾아서 이야기했다.

미국인들이 한국어로 된 홈페이지를 찾아서 그 번호로 전화를 걸 이유는 없으니까.

"지금 한번 걸어 볼까요?"

"가능할까요?"

"어려울 건 없지요."

"하지만 우리가 추적을 하고 있다는 점은 발각되면 안 됩니다."

"알고 있습니다."

그녀는 전화기를 스피커로 돌리고 능숙하게 전화를 걸었다.

—여보세요.

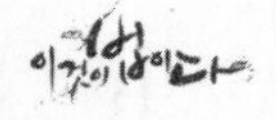

전화기 너머에서 들리는 목소리.

하지만 노형진은 고개를 갸웃했다.

'여보세요?'

물론 '여보세요.'라는 말이 전화 예절로 나쁜 것은 아니다. 하지만 그건 어디까지나 일반적인 사람이 전화를 받을 때의 경우다.

기업이나 단체의 경우, '여보세요.'가 아니라 '네, 어디 어디입니다.'로 시작되는 것이 보통이다.

하지만 로렌은 그런 걸 모르니 무심하게 전화하고 있었다.

"헬로?"

이쪽에서 나가는 것은 당연히 영어다. 그리고 저쪽에서 들리는 목소리.

—자…… 잠시만요!

이쪽에 대고 한국어로 외치는 그녀의 목소리.

그리고 대기를 알리는 벨소리에 노형진은 왠지 어이가 없었다.

"개판이구만."

명백하게 당황한 직원의 목소리.

그렇게 한참이나 대기 벨이 울리고, 수십 분이 지난 후에야 다시 누군가가 전화를 받았다.

아까 그 여직원이 아니라 상당히 나이 들어 보이는 남자의 목소리였다.

—헬로.

"여기는 미국 아동보호국입니다. 업무와 관련해서 질문이 있는데요."

—말씀해 주십시오.

로렌이 말하려고 하는 찰나 노형진은 서둘러서 로렌을 멈췄다. 그리고 그녀에게 뭔가를 적어서 건네줬다.

그걸 본 로렌은 잠깐 고민하는 듯하더니 그대로 읽어 줬다.

"죄송합니다. 지난달에 보내 주신 아이들의 명단을 다시 보내 주실 수 있을까요?"

—네?

"지난달에 보내 주신 아이들 명단요."

—그건 왜 그러시는 건지?

"항공편에 오류가 있는 걸로 보여서요."

—알겠습니다. 바로는 안 되고, 결재를 받아서 보내 드리도록 하겠습니다.

그리고 끊어지는 전화.

노형진은 뒤로 물러났다.

"확실히 이상하군요."

"이게 이상한가요?"

"네, 여러모로요."

일단 전화했는데 '여보세요.'라며 받는 것도 이상하다.

"한국에서는 일단 상호를 말하도록 되어 있습니다. 상호를 말하지 않는다는 것은 그 상호를 말하기 힘든 이유가 있다는 거죠."

"말하기 힘든 이유라고?"

그게 뭔지 고개를 갸웃하는 손채림.

노형진은 그녀에게 간단하게 이야기해 줬다.

"야식집의 경우가 그런 거야."

"야식집?"

"그래."

야식집의 경우 한 가게에서 몇 개의 번호와 상호를 돌려쓰는 경우가 있다.

같은 가게인데 여러 개의 가게 이름과 번호를 씀으로써 서로 다른 가게에 전화했다고 생각하지만 결과적으로 한곳에 전화하게 하는 방식으로 장난치는 것이다.

"더군다나 이 번호는 담당자에게 부여된 직통 번호야. 즉, 업무상 외국인과 이야기해야 하는 사람에게 부여되는 번호라는 거지."

"그런가?"

"그래."

직통 번호라면 상식적으로 상대방과 이야기할 수 있는 사람을 배치하지, 전혀 영어를 못하는 사람을 관련 업무에 종사시킬 리 없다.

"그런데 처음에 받은 여자는 영어를 전혀 모르는 눈치였어."

"확실히 이상하군요."

로렌도 그 부분이 이상했다.

지금까지 이런저런 나라에 전화를 걸어 봤지만 언제나 받은 당사자가 영어로 대화했지, 다른 사람을 바꿔 준 경우는 드물었다.

즉, 배당된 업무의 특성상 영어 가능자를 배치했다는 거다.

"기다려 달라는 영어 한마디도 못하는 사람을 배치하는 건 이해가 안 가지."

"음……."

"마지막으로 말이야, 내가 요구한 건 어려운 게 아니었어."

작년에 입양된 아이들의 목록. 그건 딱히 어려운 서류가 아니다.

"직급은 모르지만 일반적인 담당자라면 보내 주는 게 어려운 일이 아니지. 결재를 받을 정도의 정보도 아니고."

"그런가?"

"그래. 그걸 확인하는 것은 시간이겠지."

"시간?"

"그래. 일단은 기다려 보자고."

노형진은 그렇게 말했다.

결론적으로 서류는 그날 오지 않았다. 아니, 아예 오지 않았다.

"상식적으로 말이 안 되는군."

그 정도 서류는 바로 팩스나 이메일로 왔어야 하는 간단한 정보다. 그런데 오지 않았다?

"확실하군."

"뭐가?"

"기업 대행소야."

"기업 대행소?"

"엄밀하게 말하면 기업 대행소라기보다는 기업 센터라고 해야 하나?"

"그게 뭐죠?"

"말 그대로 여러 기업들이 들어가 있는 곳이지요."

모든 기업들이 다 사옥을 가지고, 또는 가게를 가지고 시작하는 것은 아니다.

특히 새로 시작하는 곳들은 그렇게 큰돈을 가지고 시작하는 경우가 매우 드물다.

"그래서 저예산으로 시작하는 곳들을 위해서 만들어진 곳이 있지요."

사무실은 개인적으로 주지만 그 외의 모든 것이 공용이다. 팩스나 전화기 같은 것들 말이다.

"그러면 그런 곳이라 생각하는 건가요?"

"네."

그렇다면 그들의 행동도 이해가 간다. 그들은 어느 회사 소속도 아니니까.

"그런 곳을 왜 쓰죠?"

"실체가 없으니까요."

"실체가 없다?"

"미국 정부도 그들을 모두 심사할 수는 없으니까요."

설사 실사를 나온다고 해도 잠깐 빈 공간을 빌려서 사무실을 꾸며 두면 된다. 그들로서는 그다지 어려운 일도 아니다.

"하지만 어떻게 확인하지요? 그냥 상상일 수도 있잖아요."

"그건 그렇지요. 그러니까 물어봐야지요."

"물어본다고요?"

"네."

노형진은 핸드폰을 꺼내서 어제 그 번호로 전화를 걸었다.

잠시 신호가 들리는 듯하더니 익숙한 목소리가 흘러나왔다.

–여보세요.

어제 전화를 받은 그 여자의 목소리였다.

"실례합니다. 거기, 사무실 대여해 주는 곳이죠?"

단도직입적으로 물어보는 걸 보고 깜짝 놀라는 로렌.

저런 식으로 물어보면 추적을 드러내는 거라 생각했던 것이다.

하지만 손채림은 그런 그녀를 진정시켰다.

"걱정 마세요. 입주한 기업이 한두 곳이 아닐 테니까요."

"아!"

전화가 왔어도 어디에서 전화하는 건지도 모르는데 다짜

고짜 추적부터 생각할 수 있을 리가 없다.

—네, 맞습니다. 지오 사무실 렌탈입니다.

"거기 사무실 임대료를 좀 알고 싶은데요."

천연덕스럽게 말하는 노형진.

잠깐의 상담이 끝나고, 노형진은 전화기를 내렸다.

"역시나……."

그곳은 사무실을 빌려주는 곳이었다.

상식적으로 이런 업무를 하는 곳이 그런 곳에서 사무실을 빌려서 하지는 않을 것이다.

"온달아동복지센터라……."

드디어 꼬리를 잡았다는 생각에 노형진의 눈에서는 빛이 나기 시작했다.

⚖

"알아봤습니까?"

노형진이 미국에서 돌아오자 손예은 변호사는 서류를 가지고 바로 사무실로 들어왔다.

"온달아동복지센터라는 곳은 존재합니다만, 서울에 있는 사무실은 지원으로 되어 있습니다. 본원은 강원도에 있어요."

그런 경우는 많다.

아무래도 업무를 하기 위해서는 서울에 있어야 하는데 서울의 땅값은 어마어마하다. 그래서 고아원을 지을 정도의 땅을 사는 것은 쉬운 일이 아니다.

"공식적으로 온달아동복지센터는 미취학아동을 위한 지원을 하는 곳입니다."

취학아동의 경우 의무교육으로 인해서 학교를 가야 하기 때문에 학교에 가지 못하는 지역에 있는 보육원은 들어가지 못한다.

하지만 미취학아동은 그렇지 않기 때문에 땅값이 싼 지역에 보육 시설이 있는 경우가 많았다.

"주소지로 봐서는 완전히 깡시골입니다."

"그들의 계획에는 딱 맞군요."

주변에 사는 사람도 없고, 찾아오는 사람도 없다.

공식적으로 그들은 정부의 지원을 받기 때문에 돈도 별로 안 든다.

더군다나 이런 시골에 있는 곳은 상대적으로 자원봉사나 지원이 적다.

진짜로 지원을 위해서 하는 곳이라면 상당히 불편한 일이지만, 그들의 목적이 만일 인신매매라면 도리어 유리하다.

누구도 오지 않으니 자신들을 의심할 사람도 없는 것이다.

"후우."

노형진은 머리를 쓸어 올리면서 뒤로 기댔다.

손채림은 그 기록을 보면서 발끈했다.

"당장이라도 신고해야 하는 거 아냐?"

그곳에 있는 아이들은 대략 쉰 명.

그중 몇 명이나 납치의 피해자인지 알 수는 없다.

"쉽지 않아."

"응?"

"그 녀석들이 고의로 납치했다는 증거가 없잖아?"

"아니, 증거가 왜 없어? 미국에서 얻은 사진이 있잖아!"

"그게 문제야. 공식적으로 그 아이들은 부모를 잃어버린 아이들이라고."

"엉?"

"그들은 부모를 잃어버린 미아를 데려다가 해외 입양시킨 거야. 법적으로 그 과정에는 잘못이 없어."

"그게 무슨 말도 안 되는……!"

손채림은 발끈해서 언성을 높였다.

누가 봐도 납치의 증거가 명백한데 증거가 없다니?

"법적으로는 그들의 잘못이 없는 게 맞아요."

아이들은 발견 당시 미아로 신고되었고 부모를 찾을 수 있는 방법은 없었다. 그래서 그들을 해외로 보낼 수 있었던 것이다.

물론 찾을 수 있는 방법을 모두 폐기했을 테지만 말이다.

"신고해 봐야 증거 불충분이야."

한 명도 아니고 이렇게 많은 아이들이 있다는 점에서 납치의 의심은 확실하게 든다.

그러나 의심과 확신은 다르다. 확신하기 위해서는 증거가 있어야 한다.

"무죄 추정의 원칙이 저들에게 적용된다는 점을 잊지 마."

"끄응…… 미치겠네."

손채림은 머리를 부여잡았다.

무죄 추정의 원칙.

죄가 확정되기 전에는 무죄로 본다는 규정.

그들은 미아를 받아들였을 뿐이다. 그리고 그 후에 적법하게 신분을 만들어 주고 해외로 입양을 보냈다.

"신고해 봐야 그들은 처벌을 받지 않아."

"하지만 추가적인 피해는 막을 수 있잖아!"

"잠깐은 그렇겠지."

하지만 처벌받지도 않는다는 사실을 알고 있는 그들이 과연 이 사업을 그렇게 순순히 포기할까?

"그들이 보낸 아이들이 벌써 일흔 명이 넘어. 돈으로 따지면 무려 14억이지. 더 많은 돈을 벌 수 있는데 그 녀석들이 과연 그렇게 순순히 포기할까? 범죄자들의 성향을 알잖아?"

"……."

범죄자들은 걸렸다고 해서 반성하지 않는다.

그들은 '아, 씨발. 재수없게 걸렸네.'라고 생각하며 기회를 봐서 다른 곳에서 똑같은 방식으로 범죄를 저지른다.

관할이 다르면 기록을 추적하는 게 쉬운 일이 아니기 때문이다.

그래서 경찰들이 어떤 범죄가 발생하면 비슷한 범죄를 저지른 전과자들을 찾는 것이다.

그들은 범죄를 멈추지 않으니까.

"그렇다고 상시 감시를 할 수는 없잖아?"

"쉬운 건 아니지."

숲속에 있어서 감시하는 것도 쉬운 게 아니거니와, 설사 감시를 한다고 해도 아이들을 입양 보내는 것을 모조리 검사할 수는 없다.

'게다가 거기에는 진짜 고아도 있단 말이지.'

그들도 바보는 아니다. 납치한 아이들만으로 그곳을 운영하면 꼬리가 잡힌다는 것쯤은 알고 있을 것이다.

그러니 진짜 고아들을 데리고 있을 것이다. 그리고 그 안에 아이들을 감출 테고.

'그런 곳은 부모들이 찾으러 가는 것도 쉬운 게 아니지.'

인터넷상에서 그들에 대해서 알 수 있는 길은 극도로 한정적이다.

홈페이지라고 하나 있지만 제대로 되어 있는 것도 아니고, 그렇다고 부모들이 정부에 보육원 목록을 달라고 한다고 해서 그들이 줄 리도 없고.

"가장 좋은 방법은 현장을 덮치는 거야."

"현장?"

"그래."

"부모들을 끌고 가자고?"

"아니. 그랬다가는 의미가 없다니까."

물론 부모들이 그곳에 간다면 그곳에서 잃어버린 아이들을 찾을 가능성은 높다.

'하지만 녀석들이 도망가겠지.'

그리고 관련 자료들을 모조리 폐기할 것이다.

그러면 이미 사라진 아이들을 추적하는 것은 쉬운 게 아니다.

"하지만 범죄자를 추적하는 건 쉬운 게 아닙니다. 특정된 사람을 노리는 게 아니라 아이들을 노리는 납치범들이라면 더더욱요."

"그렇겠지요."

손예은은 걱정스럽게 말했다. 그리고 노형진도 수긍했다.

그들이 어떤 아이를 노리는지 모르면서 감시하는 데에는 한계가 있다.

그렇다고 따라다니자니 그들이 알아차릴지도 모른다. 납치라는 범죄를 저지르는 특성상, 경계를 심하게 할 테니까.

"애초에 납치범이 누군지 알지도 못하고요."

"그러면 어쩔 건데?"

"글쎄…… 현재로서는 가장 좋은 건……."

노형진은 길게 누웠던 자세를 바로잡았다.

"일단은 납치범들이 누군지 알아봐야지. 그리고 피해자들에게도 의중을 물어보고."

엄밀하게 말하면 새론은 의뢰를 받지 않고 사건을 진행하는 상황이다.

변호사는 경찰이 아니다. 의뢰를 받지 않으면 법적인 뭔가를 하는 데 한계가 있다.

⚖

"그게 사실입니까!"

부모들은 주먹을 불끈 쥐고 부들부들 떨었다.

아이가 실종되자 생업도 포기하고 전국을 찾으러 다녔다. 그런데 발견된 곳이 한국도 아니고 외국?

거기에다가 납치당해서 팔려 나간 거라고?

"아니, 그게 말이나 됩니까! 부모가 멀쩡하게 있는데 해외로 보내다니!"

"다들 아실 거라 생각합니다만, 한국은 미아를 찾기 위한 시스템이 제대로 되어 있지 않습니다."

사실 미국으로 보내기 전에 안면 인식 프로그램 한 번만 돌려도 대부분 걸러 낼 수가 있다.

안면 인식 프로그램이 비싸다고 하지만 그건 어디까지나 상대적인 거고, 정부가 아무리 가난해도 그거 하나 사지 못

할 정도는 결코 아니다.

"당장 가서 죽여 버립시다!"

"그럽시다!"

"내 딸! 내 딸을 찾아야겠어!"

분노하는 사람들.

그들은 당장이라도 온달아동복지센터로 달려가서 다 때려 죽일 것 같은 얼굴을 하고 있었다.

"진정하세요. 여러분들이 이럴수록 그들에게 유리해집니다."

"뭐라고요!"

"자녀를 찾기 싫은 겁니까?"

진정하지 못하는 가족들에게 송정한은 그 단 한마디만 했다. 그리고 피해자 가족들은 순간 입을 다물었다.

억울하고, 화나고, 당장 누구라도 때려죽이고 싶다. 하지만 그 무엇보다도 당장 아이를 찾고 싶은 것이 그들의 가장 간절한 소망이었다.

"만일 이쪽에서 공격해 들어가면 그들은 증거를 인멸할 겁니다."

"그건 그 나라에서 찾아 주겠지!"

"어느 나라에 간 줄 알고요? 그 모든 나라들을 다 뒤지고 다니실 겁니까? 설사 어느 나라에 갔다는 걸 안다고 해도, 그 나라에서 자료를 안 주면요? 미국이 특수한 경우입니다. 민간에 위탁된 국가들은 자료를 달라고 할 수조차 없습니다."

"……."

다들 아무런 말도 하지 못했다.

맞는 말이다. 만일 그렇게 된다면 자신들은 아이들을 찾지 못하게 된다.

"중요한 것은, 의심만 하고 있을 뿐 명백한 증거는 없다는 겁니다. 아이들을 찾기 위해서는 아이들이 어디로 갔는지 확실하게 알아야 합니다."

"어떻게요!"

눈물을 뚝뚝 흘리면서 주저앉는 어떤 여자.

아이가 사라진 지 벌써 2년.

몇 번이나 이혼 고비를 넘겨 가면서 여기까지 왔다. 지금 그녀가 원하는 것은 단 하나, 아이를 다시 찾는 것뿐이었다.

"일단은 범인을 추적하려고 합니다. 그리고 지금부터는 의뢰를 받아들여서 움직여야 합니다. 그동안의 조사는 우리 선에서 할 수 있었지만, 그 이상은 저희가 하는 데 한계가 있으니까요."

개인에 대한 감시 등은 상당히 예민한 문제다.

당연히 의뢰도 없이 변호사가 무단으로 감시하면 상당한 문제가 된다.

"의뢰를 해 주시면 됩니다. 한 분이라도 의뢰만 해 주신다면, 저희는 의뢰에 따라서 조사를 계속할 수 있습니다."

그 말에 사람들은 너도나도 손을 들었다.

"내가 의뢰하겠소!"

"돈은 얼마든지 주겠소! 제발 우리 아이를 찾아 주시오!"

"부탁드립니다!"

간절하게 외치는 그 모습을을 보면서 송정한은 걱정이 앞섰다.

"이쪽에서 일단 계약서를 작성하세요."

손채림이 계약서를 작성하는 사이 송정한은 걱정스러운 표정으로 노형진에게 다가왔다.

"자네, 범인은 아나?"

"모릅니다."

"그러면 어쩌려고? 무작정 신고해 봐야 의미가 없을 텐데? 일단 범인부터 잡아야 할 텐데."

"범인을 추적하기 위해서 의뢰가 필요한 겁니다. 우리가 감시하는 건 법적으로 문제가 될 수 있으니까요."

"그랬다가 범인을 못 잡으면? 나도 거기 확인을 해 봤네만, 감시할 만한 위치가 아니던데?"

들어가는 길은 하나뿐이고 온통 숲으로 둘러싸여 있다. 그러니 자연스럽게 그 안에서 감시한다는 것은 불가능하다.

그렇다고 숲에서 감시하자니, 그건 말 그대로 껍데기만 보는 꼴이다.

"걱정하지 마세요. 저한테 좋은 방법이 있으니까."

노형진은 눈을 반짝거리면서 말했다.

"현대의 기술은 상당히 발전했거든요."

"응?"

노형진의 말에 송정한은 고개를 갸웃할 뿐이었다.

⚖

"나도 이건 생각을 못 했네."

송정한은 화면에 나타난 차량 내부를 보면서 혀를 끌끌 찼다.

그 차량 내부에는 남자의 얼굴이 아주 또렷하게 보이고 있었다.

"감시라는 게 꼭 두 눈으로만 보라는 법은 없으니까요."

"그렇기는 하군."

"결국은 돈입니다. 이런 장비는 상당히 고가여서 안 쓸 뿐이지, 없는 건 아니지요. 이런 거라면 사람이 거기에 있을 필요도 없구요."

"하긴 그렇지."

화면에 나타나는 영상. 그건 어떤 길을 보여 주고 있었다.

어떤 지역의 길목.

그곳에 노형진은 고가의 감시 카메라를 달았다.

보통 감시 카메라라고 하면 화질이 아주 안 좋은 장비를 생각하는데, 비싼 장비는 망원렌즈 기능까지 있어서 멀리에서 달려가는 차량의 내부와 탑승자들의 얼굴까지 찍을 수 있다.

노형진은 그런 장비를 빌려서 길에다가 설치한 것이다.

운전하는 중이니 주변에 신경 쓸 리가 만무하고, 적당히 감춰 두면 그들은 카메라 자체를 인식하지 못한다.

거기에다 카메라를 달아 두면 굳이 사람이 가 있을 필요도 없다. 자신들은 이 사무실에서 편하게 그들을 감시할 수 있는 것이다.

종착지가 정해진 막다른 길인 만큼 그 길을 다니는 차량은 한정적이니 감시하는 것 자체도 어려운 건 아니었다.

동작 감지기가 자동으로 인식해서 촬영하니 자신들은 그걸 확인하기만 하면 된다.

"방금 지나간 차량은 식품 업체 배달 차량으로 등록되어 있어. 일주일에 한 번씩 보육원에 식재료를 배달하는 업소야."

손채림이 캡처된 차량의 차량 번호를 주면서 차주를 확인해 줬다. 노형진은 고개를 끄덕거렸다.

"좀 더 기다려야겠군요."

"이거 참, 그들은 이렇게 감시받는 거 모르겠지?"

"알 수가 없죠."

저들은 들어오는 사람들을 감시하기 위해서, 그리고 사람들의 접근을 막기 위해서 상당히 오지에 보육 시설을 만들어 놨다.

과거였다면 상당히 좋은 선택이었을 것이다. 들어오는 사

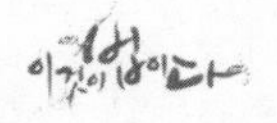

람을 감시하고 통제할 수 있을 테니까.

"아직까지 이상한 건 없어. 그런데 안쪽이 안 보이는 차량으로 아이들을 데리고 가면 어쩌려고요?"

보고서를 함께 보던 손예은은 그게 궁금했다.

보통 납치는 그 안이 보이지 않는 차량으로 하기 때문이다.

하지만 노형진의 생각은 좀 달랐다.

"그건 단거리 납치의 경우에나 가능하지요."

"단거리?"

"네. 돈을 노리고 하는 경우 말입니다. 그 경우 대부분 범인들은 장거리 이동을 두려워합니다."

이동하다가 검문에 걸리는 것을 두려워하기 때문이다.

"하지만 기록에 따르면 녀석들은 장거리에서 이동해 왔습니다. 전국적으로 실종이 발생했죠. 아예 안 보이는 차량으로 옮길 경우, 검문에 걸리면 그 안을 열어 보라고 할 겁니다."

외진 곳이다 보니 하루에 지나다니는 차량은 그다지 많지 않았다. 그중에서 직원의 차량을 제외하고는 하루에 열 대도 채 안 되는 목록.

노형진은 그 차량의 목록을 확인하면서 이상한 점이 없는지 감시했다. 그러나…….

"벌써 일주일째지만 흔적이 없어. 이상한 차량도 없고."

손채림이 어깨를 으쓱하면서 말했다.

"흠……."

시기상으로 봐서는 벌써 납치가 한 번은 이루어졌어야 한다. 그런데 없다?

'뭐지?'

잘못 생각한 것일까 하는 생각에 노형진도 속이 답답해졌다.

"대포차라든가, 아니면 분실 신고된 거라든가?"

"전혀. 대포차라면 조금 애매하기는 한데……."

대포차는 명의가 다른 사람으로 되어 있으니 운전자가 그 사람이 맞는지 확인할 방법이 없다.

"하지만 대포차라고 해도 안쪽이 보이는데 아이들은 없었어."

"그래요?"

"네."

손채림은 손예은의 말에 대답하면서 그나마 안쪽이 안 보이는 차량을 따로 골라냈다.

"이런 건 안쪽이 보이지 않지만 등록 자체도 멀쩡히 되어 있는 차량들이었고요."

범죄에 사용되는 차량인 만큼 추적을 막기 위해서 뭐든 할 거라 생각했는데 모두 멀쩡한 차량들이다.

"설마 엉뚱한 곳을 뒤지고 있는 거 아냐?"

"하지만 저곳이 가장 의심스러운데……."

지난 일주일간 지나간 차량의 목록과 카메라 캡처 화면을 보면서 고민하는 노형진.

그러던 중 그의 눈에 들어온 것이 있었다.

부부로 보이는 두 사람.

그들은 웃으면서 오고 있었는데, 그 뒷좌석에는 자고 있는 한 아이가 보였다.

"이건?"

"아, 자원봉사 하는 부부 같아. 차량도 본인들 차량이고. 아이가 한 명 있는 걸로 되어 있어."

지극히 정상적인 가정.

아이가 있고 그 아이를 태우고 오는 거라면 전혀 이상할 게 없다.

하지만 그 화면을 보면서 노형진은 이질감을 느끼고 있었다.

"왜 그래?"

"뭔가 이상한가요?"

"네."

두 사람은 그걸 보면서 뭐가 이상한지 감을 잡을 수가 없었다.

그런데 송정한도 그걸 보면서 왠지 어색한 표정을 지었다.

"뭔가 어색한데?"

"그렇지요?"

"그래. 뭔지는 모르겠지만……."

'뭔가 이상해…….'

자신들이 예상하는 방식대로라서?

그러나 그것만으로는 확신할 수 없다.

그렇다면 아이가 타고 있어서?

기록에 따르면 아이가 있다고 했다. 그게 이상한 건 아니다.

아이들의 인성을 위해서 어려서부터 자원봉사에 데리고 다니는 부모들이 적지 않으니까.

그럼 이곳에 흔하지 않은 자원봉사라서?

반대로 이런 곳을 찾아다니는 사람도 있다.

오래 자원봉사를 한 사람은 실상을 안다. 그래서 도심지는 자원봉사자가 넘치지만 이런 오지는 언제나 부족하다는 걸 알고 있다. 그래서 몇몇은 이런 오지를 찾아다니면서 자원봉사 하기도 한다.

모든 것에는 합당한 이유가 있다.

그런데 자신의 신경을 거스르는 이 느낌은 뭐란 말인가?

'뭐지……. 뭐냐…….'

물끄러미 한참을 바라보던 노형진.

그때 뭔가가 그의 머릿속을 스치고 지나갔다. 그가 회귀하기 전, 한때 좋았던 추억.

그때는 매일매일이 행복했다.

그 행복했던 이유는 그의 자식 때문이었다.

아니, 자식이라고 생각했던 아이들 때문이었다. 그의 인생 최고의 보물이었던…….

"잠깐!"

"네?"

"왜 그래?"

노형진은 그다음 순간 뭐가 이상한 건지 알아차렸다.

미혼인 사람들은 잘 모르지만 기혼인, 아니 아이가 있는 사람들만 알 수 있는 이질감.

송정한은 아이가 있는 사람이고, 그는 회귀 전에 결혼해서 애를 키워 봤던 사람이다. 그러니 두 사람은 이상한 점을 어렴풋하게나마 인식할 수 있었던 것이다.

"이 장면 이상하지 않아?"

"응? 뭐가?"

"이상한 거 없는데?"

역시나 두 사람은 이해하지 못한다는 듯 말했다.

하지만 송정한은 달랐다.

"나도 그렇게 생각하네. 확실히 이상해……. 뭔가 어색해."

그러나 확신할 수는 없는지 약간 애매한 표정이었다.

노형진은 그 애매하게 어색한 부분을 정확하게 지적했다.

"아이 엄마 말입니다, 조수석에 있어요."

"네?"

"그게 왜?"

"그게 이상한 건가요?"

다들 어리둥절한 얼굴이 되었다.

하지만 노형진의 입장에서 그건 아주 이상한 일이었다.

"주변을 생각해 보세요. 아이들을 태울 때, 특히나 아주 어린 아이들을 태울 때 엄마가 어디에 앉는지.”

“어?”

“글쎄요.”

손채림과 손예은은 잘 모른다는 표정을 지었다.

하긴 그 나이에 주변에 결혼한 사람이 많지 않을 테니까.

하지만 송정한은 바로 알아들었다.

“그러고 보니 말도 안 되는군.”

“이상하지요?”

“뭐가 이상한 건데?”

결국 알아내지 못하고 되묻는 손채림.

“아이들은 카 시트에 눕혀 두면 무척이나 불안해하지. 그래서 옆에서 계속 봐줘야 해. 그래서 운전자가 아닌 다른 사람, 보통은 엄마가 옆에서 아이의 상태를 봐 가면서 아이와 놀아 주거나 불안감을 감소시켜 주지.”

“아!”

그제야 두 사람은 노형진이 말하는 이상하다는 게 뭔지 알 수 있었다.

애가 카 시트에 있는데 정작 애 엄마는 조수석에 편안히 있다?

일반적으로 모성을 가진 엄마라면 하지 않을 일이다.

“모성이 없든가 아이가 일어날 일이 없든가, 둘 중 하나라는 뜻이지요.”

어느 쪽이든 이상한 것이다.

영아들이 있는 보육원에 자원봉사 하러 오는 사람이 모성이 없다? 말도 안 된다.

아이가 안 일어난다? 그것도 이상하다.

아이들이란 언제 일어나서 울음을 터트릴지 알 수 없는 존재가 아닌가?

"수면제 같은 걸 먹이지 않은 한 말이지요."

"확실히 이상하군. 그러고 보니 생각이 나는군. 나도 그렇고 내 주변도 그렇고, 아이가 우선이지. 아이가 어느 정도 클 때까지는 대부분 아내가 뒤쪽에 앉아서 아이를 봤어."

송정한도 자신의 기억을 더듬어서 기억난다는 듯 말했다.

손예은은 캡처된 화면을 물끄러미 바라보았다.

"하지만 자리가 불편해서 옮긴 것일 수도 있잖아요?"

"어머니란 존재는 그런 이유로 아이 옆자리를 떠날 사람이 아닙니다."

더군다나 중간에 깨서 울기 시작하면 다시 뒤로 가서 재우는 것이 상당히 힘들다.

"하지만 부모잖아?"

손채림은 그게 이상했다.

기록에 따르면 이들에게는 아이가 한 명 있다고 했다. 그런데 납치범이라니.

"그건 고정관념이야."

“고정관념?”

“그래. ‘아이가 있으니 동병상련이라고, 남에게 해코지를 하지 않겠지.’라는 생각 말이야. 반대로 자신의 아이를 위해서 얼마든지 남을 해코지할 수 있는 게 인간이거든. 실제로 아동 납치 살인범 중에는 산모도 있어.”

“뭐?”

다들 깜짝 놀랐다.

“임신 8개월 된 산모가 아이를 납치해서 살인한 사건도 있었다고. 고정관념이라는 건 그만큼 무서운 거야.”

“헐…….”

애초에 카 시트에 아이를 태우고 가는 것도 결국은 고정관념을 이용해서 그곳을 벗어나기 위해서다.

설마 납치된 아이를 카 시트에 태우고 갈 거라고 누가 예상이나 하겠는가?

“음…….”

손예은은 자신의 실수를 인정할 수밖에 없었다.

자신은 그들이 이상하다는 생각조차 하지 않았던 것이다.

‘이게 경험의 차이인가.’

물끄러미 캡처된 화면을 바라보는 손예은.

“일단 이 두 사람에 대해서 확인해 봐요. 자기 차량으로 되어 있다고 했죠?”

“네.”

"그러면 두 사람이 일하는 곳 그리고 재산 상태를 알아보세요."

"네?"

"저 차를 보세요."

아주 비싼 차는 아니다. 하지만 3천만 원이 넘는 차량이다.

"그런데 이 사진이 찍힌 날짜는 금요일입니다. 정상적인 직장인이라면 금요일 오후에 올 수 있을 리 없지요."

"하지만 개인 사업자라면? 식당이라든가?"

"불금이라는 말이 달리 생긴 게 아니잖아?"

어떻게 보면 가장 장사가 잘되는 시간이다. 그런데 그 시간에 가게를 비우고 자원봉사를 온다?

말도 안 된다.

"이번 사건은 최대한 고정관념을 버리고 접근해야 합니다."

애초에 이 사건은 납치는 협박으로 이어진다는 고정된 형태에서 벗어난 것이다.

저들이 형태를 벗어난 만큼, 자신들도 그래야 한다.

"잡을 수 있을 겁니다."

노형진은 이글거리는 눈빛으로 그들의 차량을 노려보았다.

⚖

"두 사람 다 무직이야. 사는 곳은 여주고."

그들의 기록을 보면서 노형진은 입을 꾸욱 다물었다.

"여주라……."

그들의 주소지에 있는 집은 상당히 후줄근해 보이는 빌라였다. 그나마도 그들의 주소는 반지하로 되어 있다.

"확실히 수상하지?"

"사는 곳은 안 수상한데 차량이 수상해. 노형진 네가 말한 대로 말이야. 기록에 따르면 그건 그 녀석들이 새걸로 산 거야. 중고가 아니라."

무직에, 사는 곳도 여주의 오래된 반지하 빌라다. 그런데 차량은 3천이 훨씬 넘는 SUV를 몬다?

더군다나 그들의 잔고는 텅텅 비어 있었다. 그런데 차량은 할부가 아니라 일시불 구매다.

결국 여러모로 수상한 커플이었다.

"그들이 주범일까?"

"아닐걸."

그들이 외국으로 아이들을 보내기 위한 루트를 알 리 없다.

설사 안다고 한들 그들을 외국으로 보내기 위해서는 정부의 허가가 있어야 한다. 고작 20대인 그들이 신청한다고 정부에서 그런 허가를 내줄까?

"아마도 원장이 주범이겠지. 그가 아니면 이 모든 게 구성이 될 수가 없으니까."

노형진은 생각이 많았다.

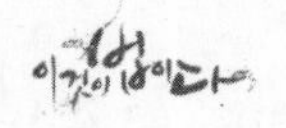

"원장을 잡아야 한다 이거지……."

손채림은 걱정스러운 얼굴이 되었다.

원장은 이 사건에서 전혀 보이지 않고 있었다. 즉, 완벽하게 꼬리를 감추고 있다는 뜻이다.

"원장이 관련되어 있다는 증거를 어디서 구하지? 그냥 그들을 잡아서 자백하라고 할까?"

"그러면 안 돼."

"왜?"

"그러면 아이들을 찾지 못할 가능성이 높아."

저들이 잡혔다는 사실을 알게 되면 원장은 모든 증거를 폐기할 것이다.

신고야 할 수 있지만, 경찰의 수사는 그런 식으로 진행되는 게 아니다. 일단 수사를 하고 영장을 청구하고 그걸 가지고 압수 수색을 진행한다.

"저들이 잡혔다는 걸 안 순간 원장은 증거를 인멸하기 시작할 거야."

"그렇겠지?"

"그래. 저런 범죄자들은 선이 있다고 봐야 하니까. 자신의 수사 사항을 사전에 들을 수도 있고. 어느 쪽이든 아이를 찾기 위해서는 원장이 사건을 저지르기 전에 잡아들여야 해."

그러기 위해서는 경찰에 신고하는 것은 절대 좋은 방식이 아니다.

경찰에 신고하면 아무리 빨리 잡아도 조사에만 사흘은 걸린다. 증거를 모조리 파기하고도 남을 시간이다.

"그렇게 되면 아이들을 찾는 것은 불가능에 가까워."

미국이야 어찌 되었건 국가에서 관리하니 찾을 수 있다고 하지만, 그렇지 않은 나라라면 찾는 것이 쉬운 게 아니다.

각국을 돌면서 자료를 달라고 할 수도 없고, 그 나라에서 자료를 줄지도 확실하지 않다.

만일 안 준다면 소송까지 해야 하는데 그 자료를 받기 위한 소송이 절대 쉬운 것은 아닐 것이다.

"결국 아이들을 찾기 위해서는 원장을 일단 잡아들여야 해."

"어떻게? 원장은 사건 전면에 안 나서는데."

"그게 문제이기는 한데……."

납치하는 것은 부부인 두 사람이다. 원장은 전면에 나선 적이 없다.

그렇다고 두 사람을 먼저 체포하면 그 뒤에 벌어질 일은 뻔한 일.

"그렇다면 법보다는 주먹을 써야지."

"뭐라고?"

송정한은 깜짝 놀랐다.

그는 변호사다. 그런데 대놓고 그런 말을 하다니.

"언제는 안 그랬습니까?"

상대방이 법을 어기는데 이쪽에서는 법대로만 하려고 하

면 질 수밖에 없는 싸움들이 상당수 있다.

물론 져서 어느 정도 피해를 입어도 복구할 수 있는 거라면, 가능하면 법은 지켜야 한다.

"하지만 아이들의 미래가 달려 있는 겁니다. 찾아야지요."

"하지만 저들을 어떻게 하려고?"

"영화 좋아하십니까?"

"영화?"

"때로는 영화도 많은 걸 알려 주지요, 후후후."

친절한 가족들

"저 아이 예쁘네."

강우주는 표적을 고르고 있었다.

이 짓거리도 몇 번이나 했더니 외국에 잘 나가는 아이들의 타입을 알 것 같았다.

"저 애는 어때?"

"응?"

"혼혈 같은데?"

"오, 예쁘다. 좋네. 저 아이로 할까?"

금발의 엄마와 함께 걸어가는 아이를 발견한 강우주의 눈이 반짝거렸다. 요즘은 혼혈이 인기가 좋았다.

"수출하기 딱 좋네."

"문제 안 생길까?"

"문제는 무슨."

"그나저나 이거 위험하지 않겠어?"

"개뿔, 위험하기는. 우리가 언제 한 번이라도 걸렸냐? 그리고 따지고 보면 우리는 수출의 역군이라고. 정부는 우리한테 돈 줘야 한다고."

"지랄."

아내로 보이는 여자는 비웃는 듯한 표정으로 그를 바라보았다.

"수출의 역군 좋아하네."

"그러는 넌?"

키득거리는 두 사람.

두 사람은 원래 범죄자 출신이었다.

둘 다 고등학교 때 폭력과 갈취로 소년원에 갔다 온 전력이 있는데, 그들은 그걸 자랑스러워했다.

그런 이들이니 돈이 된다면 남의 아이들쯤은 아무 상관도 없었다.

"아, 씨발. 그 새끼도 보내 버리면 좋은데."

"그러게 말이야."

"좆같네, 진짜."

마음 같아서는 자기 자식도 귀찮아서 해외로 보내고 싶지만 임신한 걸 양측 집안에 걸리는 바람에 그러지 못했다.

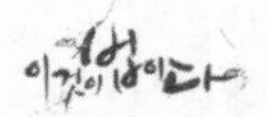

걸리지만 않았다면 그냥 낙태해 버렸을 텐데 걸리는 바람에 지우지도 못하고 그냥 낳아 버린 것이다.

거기에다 반강제로 결혼까지 했다.

뭐, 결혼이야 그렇다고 쳐도 아이가 귀찮은 것은 어쩔 수가 없었다.

"적당히 벌어서 다른 지역으로 뜨자. 그러면 알 게 뭐야."

"하긴, 뭐, 적당히 고아원에 데려다주면 되겠지."

그들은 그렇게 말하면서 눈앞에 있는 표적에 집중했다.

이제 따라다니면서 적당한 타이밍만 노리면 된다.

"약은?"

"오케이."

수면제가 들어 있는 주사기를 차량의 글로브 박스에서 꺼내며 웃는 여자.

"자, 그러면 이제 좀 상황을……."

그들이 슬슬 따라가려고 차에서 내려서 앞으로 한 발 내디디는 그 순간, 날카로운 것이 뒤에서 쿡 찔렀다.

"헉."

그들은 바보가 아니다. 등으로 오는 따끔한 그 느낌이 뭔지 아주 잘 알고 있었다.

"소리 지르지 마. 그러면 안쪽으로 제법 깊숙하게 들어갈 거야. 폐가 이쯤이지, 아마?"

등 쪽으로 타고 올라오는 날카로운 느낌.

그 느낌에, 둘은 꼼짝도 할 수 없었다.

"누, 누구……?"

"알 필요 없어. 알려 줄 생각도 없고."

등 뒤에 있는 남자는 씨익 웃으면서 들고 있는 칼에 힘을 줬다.

"다시 차에 타 줘야겠어."

"뭐라고요?"

"차에 타 달라고. 싫어? 비명 지르고 싶어? 그럼 그러든가. 하지만 네가 비명을 질러서 도움을 받는 게 빠를까, 아니면 내 칼이 네놈의 몸을 쑤시는 게 빠를까?"

빠른 쪽이 뭔지는 누가 생각해도 뻔하다.

"자, 그러면 차량에 타 주실까?"

"……."

그들은 도움을 청하는 간절한 시선으로 주변을 두리번거렸지만 누구도 그들에게 관심이 없었다.

"눈깔 굴리지 마라."

뒤에 있는 남자가 느긋하게 말하자 그들은 어쩔 수 없이 자신들의 차에 다시 올라타야만 했다.

그리고 차량에 들어간 그들에게 어느 틈엔가 뒷좌석에 타고 있던 다른 사람이 재갈을 물리고, 두건을 씌우고, 양손과 양발을 케이블 타이로 묶었다.

그것도 모자라서 의자를 한껏 젖히고 목과 목 고정대를 케이블 타이와 연결한 걸 이용해서 고정시켜 버렸다.

"몸을 일으키면 숨이 좀 막힐 거야."

바들바들 떠는 두 사람.

그들은 어느샌가 공포에 떨며 오줌까지 싸고 있었지만 저항할 방법이 없었다.

두 사람을 그렇게 묶어 둔 사람들이 차량에서 내리자 한 사람이 다가왔다.

"확실하게 고정해 놨지요?"

"네. 혹시 몰라서 뒤에 한 사람이 타고 있으니 문제는 생기지 않을 겁니다."

"알겠습니다. 오라이!"

노형진이 외치자 앞쪽에 있던 차량 배송용 트럭이 천천히 다가왔다. 그리고 두 사람이 타고 있는 차를 맨 꼭대기에 넣었다.

빈자리에는 몇 대의 차량이 추가로 들어갔다.

정우찬이 귀찮다는 듯 물었다.

"꼭 이렇게 해야 합니까?"

그냥 자신들이 끌고 가는 것이 가장 편한데 차량 운송용 트럭까지 동원하다니.

"엄밀하게 말하면 납치니까요. 이런 식으로 하면 내부를 보는 경찰은 없거든요."

"확실히 그렇기는 하지요."

차량 운송용 레커차는 보통 2층으로 되어 있다. 그래서 경찰이 검문할 때도 운전자를 살필 뿐 배송 중인 차량까지 들여다보지는 않는다.

더군다나 한다고 해도 1층 정도만 살피지 2층까지 살피지는 않는다. 2층에다가 눕혀서 고정해 놓으면 아래쪽에서는 볼 수 없기 때문이다.

"걸리면 곤란하니까요."

위법을 저지르고 싶지는 않지만 해야 한다면 피하지 않는 게 노형진이다. 그리고 할 거면 완벽하게 해야 한다.

그러지 않으면 여러 사람이 곤란해진다.

"자, 그러면 출발해 볼까요?"

노형진은 자신의 차량으로 가는 도중에 운전석을 지나가면서 그 문을 탕탕 두들겼다.

"오라이!"

"읍읍……."

김우주는 죽을 것 같았다.

산속의 버려진 폐가. 그곳은 깔끔하게 정리되어 있었다.

주변이 정리되었고, 폐자재들은 없어졌으며, 그 안으로는 비닐이 깔끔하게 쳐져 있었다.

그리고 그들의 앞에는 노트북 하나가 켜져 있는데, 거기에서는 어떤 영화가 재생되고 있었다.

문제는 그 내용이었다.

"읍읍!"

누명을 뒤집어쓴 여자가 피해자 가족들과 함께 진짜 범인을 살해하는 내용이 담긴 영화였다.

그런데 영상 속의 공간과 지금 그가 있는 공간이 무서울 정도로 똑같았다.

정리된 폐가. 비닐로 둘러싸인 공간.

"읍읍!"

김우주는 비명을 질러 댔다.

이건 영화가 아니다. 자신들에게 벌어질 일을 미리 보여주는 것이다.

그는 그렇게 느끼고 있었다. 아니, 확신했다.

그리고 그 확신은 잠시 후 공포로 변했다.

드르륵.

문이 열리면서 들어오는 사람들.

그들은 하나같이 비닐 옷을 입고 있었고, 손에는 짧은 과도를 들고 있었다.

그리고 그중 몇 명을 알아본 김우주는 비명을 질렀다.

"읍읍!"

김우주뿐만 아니라 그의 아내도 몸부림을 쳤지만 바닥에

고정된 의자는 움직이지 않았다.

선두에 선 남자, 그가 차갑게 말했다.

"말씀드린 대로 무슨 짓을 하셔도 좋습니다. 하지만 죽이시는 건 안 됩니다. 우리의 복수는 최대한 오래 고문해서 고통을 주는 것이니까요."

고개를 끄덕거리는 사람들. 하지만 그게 끝이 아니었다.

남자는 안에서 인두를 꺼내서 그걸 토치로 가열하기 시작했다.

"과다 출혈로 죽으면 안 되니까요. 제가 이걸로 상처를 지혈할 겁니다. 제 경험상 최고 사흘까지는 살아 있더군요."

"죽이지만 않으면 됩니까?"

"네."

"그러면 눈부터 도려내고 싶습니다."

"그러시지요."

과도를 들고 다가오는 남자.

김우주는 이제 벌어질 일을 알고는 비명을 질러 대기 시작했다.

살고 싶었다. 어떻게든 살고 싶었다.

당신의 아이들은 살아 있노라고, 말하고 싶었다.

"비명을 듣고 싶군요."

눈을 찌르기 직전 비명을 듣고 싶다면서 재갈을 푸는 남자.

그리고 그게 풀리기 무섭게 김우주의 입에서는 속사포처

럼 애원이 쏟아졌다.
"잠깐만요! 애들은 살아 있어요! 살아 있다고요! 진짜입니다. 제발 살려 주세요! 어디 있는지 압니다!"
"살아 있다고?"
남자는 믿을 수 없다는 듯 반문했고, 곧 김우주의 아내의 재갈도 풀었다.
아내도 재갈이 사라지기 무섭게 고래고래 소리를 질렀다.
"진짜예요! 살아 있어요! 우리가 아이를 납치해서 죽일 만큼 나쁜 사람들은 아니에요! 입양 보냈어요! 돈 받고 입양 보냈다고요! 진짜예요!"
고래고래 소리를 지르는 두 사람.
"그 말을 어떻게 믿지?"
토치로 인두를 달구고 있던 남자가 무심한 듯 말했다.
"저희는 그냥 돈 받고 일한 것뿐이에요! 한 명당 500만 원씩 받았어요! 진짜라니까요! 범인이 누군지 알아요! 제발 살려 주세요! 제발!"
"살려 주세요! 자수할게요! 제발 목숨만 살려 주세요! 흑흑흑……."
눈물을 흘리는 두 사람.
인두를 달구던 남자는 토치를 껐다.
"그 말, 사실이지?"
"사실입니다. 당장 경찰서에 가서 자수할게요! 자수하고 사실대로 말할게요!"

그들은 살기 위해서 뭐든 해야만 했다.

인두를 데우던 남자가 그들에게 다가왔다.

"진짜로 살아 있나?"

"네! 진짜입니다! 한 번만 믿어 주세요!"

"어떻게 믿지?"

"진짜예요! 저희는 아이들을 납치해서 온달보육원에 데려다줬다고요! 그곳에서는 아이들을 해외로 수출했고요!"

노형진의 예상대로였다.

'미친 자식.'

인두를 들고 조용히 듣고 있던 노형진은 입안이 씁쓸했다.

"좋아. 그러면 기회를 주지."

"기회를요?"

"그래."

"제발…… 뭐든 다 하겠습니다."

"그러면 말이야, 납치를 한 번 더 해야겠어."

"네? 그게 무슨……?"

"서프라이즈 한번 해야지, 후후후."

⚖

그들은 아이를 데리고 있었다. 아이는 정신없이 자고 있었다.

김우주는 그 아이를 당황스러운 얼굴로 바라보았다.

"이게…… 인형이라고요?"

"그래."

"……."

카 시트에 앉아서 잠들어 있는 아이는 인형이었다. 특수 제작되어, 무서울 정도로 인간과 똑같이 생긴.

어차피 저들은 아이를 약으로 재워서 데리고 간다. 그러니 그곳에서 아이가 깨어나지 않아도 이상할 것은 전혀 없었다.

"당신들이 가서 그가 주범이라는 사실을 확실하게 녹화만 할 수 있다면 당신들에게 기회를 주도록 하지."

꿀꺽……!

두 사람은 침을 삼켰다.

두 번째 기회. 그들에게는 그게 절실했다.

자신에 대해서 저들이 알아차렸다면 자신들이 아무리 도망쳐도 한계가 있다.

더군다나 저들은 신고할 생각이 없다. 오로지 죽일 생각뿐이다.

'씨발…….'

그들은 살기 위해서 배신할 수밖에 없었다.

그리고 그걸 위해서 아이를 납치한 것처럼 데리고 들어갈 것이다.

"카메라가 감춰져 있으니까 방향 잘 잡으라고."

"알겠습니다."

"그리고 다시 말하지만, 어쭙잖게 머리 쓰면 다시 보게 될 거야."

노형진은 히죽 웃으면서 그들의 어깨를 두들겼다.

"그리고 그때는 상당히 화끈한 밤을 보내게 되겠지."

꿀꺽.

김우주는 침을 삼키면서 아이 인형을 바라보았다.

자신이 할 수 있는 것은 없다. 이미 걸린 상황이니, 최소한 자기만이라도 살아야 하지 않겠는가?

"들어가 봐."

그들이 차를 타고 들어가자 피해자 가족들은 화면으로 달라붙었다.

"중계 시간이 몇 시부터지?"

"30분 후."

"허허허."

송정한은 몰려드는 가족들을 어이가 없다는 듯 바라보았다.

범죄 현장을, 녹화도 아니고 현장에서 중계한다는 것은 생각도 못 한 일이었다.

"차라리 녹화를 하지그래?"

"그러면 처벌이 약해질 겁니다."

"응?"

"우리나라는 언론을 타면 처벌이 강해지고, 그러지 못하면 처벌이 약해집니다. 만일 녹화해서 사건을 가지고 가면 그 처벌이 어떻게 될까요?"

"묻히겠군."

피해자들이 수백 명이다. 그런데 그 사건이 언론을 타지 못하면 처벌은 약해진다.

철저하게 가해자 편을 드는 법원 때문이다.

"하지만 범죄자 생중계라는 사실은 언론에서 상당히 관심을 가지게 될 소재지요."

"거기에다 욕 좀 먹겠지."

제대로 수사해 주지 않아서 가족들이 납치 및 인신매매 집단을 직접 잡아야 했다고 말이다.

"조용히 해결할 게 있고 조용히 해결해서는 안 되는 게 있습니다. 이건 조용히 해결해서는 안 되는 겁니다."

"아니, 왜 말인가?"

"실종자가 늘어나니까요."

"……."

송정한은 애매한 표정이 되었다. 무슨 말인지 알아차렸기 때문이다.

"확실히……."

현재 실종자들은 늘어나고 있다.

상당수가 저들에게 납치당하기는 했지만 저들이 납치하지 않은 실종 아이들도 꽤 많다.

"더군다나 이 빌어먹을 구조를 바꾸기 전에는 똑같은 일이 생길 가능성이 높습니다."

"음……."

아이 한 명 보내는 데 2천만 원. 그러니 그런 입양 업무를 대행하는 곳이 많다.

그런 곳들은 대대적으로 한번 조사를 받아야 한다.

이번에야 자신들이 잡았다고 하지만, 그냥 넘겨준다?

"그냥 이것으로 끝나겠지요."

아무리 생각해도 저들이 그 많은 실종 아동들을 모조리 해외 입양을 보내지는 않았을 것이다.

"이게 외부에 드러나면 정부는 어떻게 할까요?"

"대대적으로 실종 아동 수색을 하겠군요."

조용히 듣고 있던 손예은은 노형진이 그냥 신고해도 되는 걸 왜 굳이 인터넷 생중계까지 하는지 알 것 같았다.

"그러면 의뢰인들은 아이를 찾을 가능성이 높아지겠군."

"네. 이번에는 혼자가 아니라 정부에서 대대적으로 지원해 줄 테니까요. 우리 의뢰는 범죄자를 처단하는 게 아니라 아이를 찾아 주는 겁니다."

"끄응…… 잊고 있었군."

의뢰의 내용은 범죄자 처단이 아니다.

물론 그 과정에서 범죄자를 추적하는 건 당연한 일이기는 하지만, 궁극적인 목적은 아이들을 찾는 것이다.

“정부에 자극을 줘서 아이들을 찾게 만든다라.”
자신은 생각하지도 못했던 것이다.
만일 그냥 신고했다면 그들에게 납치당한 아이들은 찾을 수 있어도, 그들이 아닌 다른 곳을 통해서 입양되었거나 다른 보육원에 있는 아이들은 조사할 생각조차 하지 않을 것이다.
하지만 언론을 타면?
정부에서는 어떻게 해서든 사건을 무마하기 위해서 온갖 방법을 다 동원할 것이다.
“그 과정에 경찰이 욕을 좀 먹겠지만…….”
어깨를 으쓱하는 노형진.
“내 알 바 아니죠.”
그 모습을 보고 피식 웃는 송정한.
때마침 화면을 보고 있던 손채림이 그들을 불렀다.
“드디어 도착했어요.”
화면상에 보이는 보육원. 그리고 그곳으로 다가가는 카메라 화면.
“오케이. 중계 개시.”
얼마나 많은 사람들이 볼지 알 수는 없다.
사실 한 명만 봐도 상관은 없다.
중요한 것은 범죄 자백이 실시간으로 이루어진다는 것이다. 그리고 그걸 본 정부의 반응은 뻔하고 말이다.

"아이들을 찾아봅시다."

⚖

"데리고 왔어요."

김우주는 떨리는 눈빛으로 원장에게 다가갔다.

"이번에는 좀 늦었다?"

"아, 기회가 없어서……."

"그래? 애는?"

"자고 있어요."

애를 본 원장은 살짝 찌푸렸다.

"평소보다 어리네?"

"그게……."

"뭐, 상관없지. 그러면 나야 편하지."

그는 능숙하게 카 시트에서 아이를 꺼냈다.

그걸 보고 김우주는 움찔했다. 그런데 그는 아무것도 모르고 아이를 데리고 안으로 들어갔다.

'도대체 얼마나 정밀한 거야?'

그걸 보고 기가 막혀서 말이 안 나오는 김우주.

그는 원장을 따라서 안으로 들어갔다.

그리고 원장실에 들어가자 원장은 그에게 제법 두둑한 현금 뭉치를 건넸다.

"지난번 건에 대한 배당이다."

"네."

그걸 받아 들던 김우주는 원장의 눈치를 봤다.

원장은 그런 그를 불편한 얼굴로 바라보았다.

"왜 안 나가?"

"저기, 돈을 좀 더 주셨으면 하는데요."

"뭐?"

"아무래도, 저도 많이 벌어 드리고 했는데……."

"이 새끼 봐라?"

피식 웃는 원장.

그는 화가 난 표정으로 다가왔다.

그걸 본 김우주는 자신도 모르게 주춤주춤 물러났다.

'씨발…….'

전이라면 당당하게 말했을 텐데 자신이 켕기는 게 있으니 이야기하는 것이 쉬운 게 아니었다.

"이 새끼가 미쳤나?"

"미친 게 아니라, 아무래도 저도 좀 더 받아야 할 것 같아서요. 그동안 해 드린 것도 있지 않습니까?"

"협박이냐?"

"협박은 아니고, 부탁입니다."

"이 새끼가 정말 죽으려고 작정했나?"

구석에 있는 알루미늄 야구방망이를 꺼내 들고 다가오는

원장.

그는 김우주가 신고하지 못할 걸 안다. 그러니 이참에 확실하게 선을 그어 놓을 생각이었다.

그런데 협박은 반대쪽에서 터져 나왔다.

"씨발! 그걸로 쳐 봐! 우리가 감옥에 못 갈 것 같아?"

"뭐야, 이 개년아?"

김우주의 아내였다.

그녀는 독하게 마음먹은 건지 이를 악물고 고함을 질러 댔다.

그녀의 마음속에는 단 하나, 어떻게 해서든 형량을 줄이고 싶은 마음뿐이었다.

"당신이 시키는 대로 했잖아! 회사도 연봉이 높아지면 월급 올려 주는데 혼자 먹는 건 너무한 거 아냐?"

"연봉이 월급이다, 이 병신 같은 년아. 이거 무식해서 어따 써먹어?"

"어따 써먹긴! 우리 써먹은 거 당신 아니야?"

눈을 까뒤집고 덤비는 김우주의 아내의 말에 원장은 눈을 찌푸렸다.

"아오, 이 새끼를 증말."

그는 그들을 뚜들겨 팰까 하는 생각도 들었다.

사실 그들은 어차피 신고를 못 할 테니 그래도 될 것 같기는 했다.

'그러고 보니…….'

하지만 문제가 있었다.

저들을 쓴 건 자신이다. 반대로 말하면, 저들이 없으면 자신이 수익을 내지 못하게 된다는 것이다.

'아오, 씨발. 반쯤 패 죽일 수도 없고.'

인신매매, 특히 유아 인신매매는 조폭들도 상당히 꺼리는 일이다. 그래서 아주 막장이 아니면 손을 대지 않는 게 사실이다.

그러니 저들이 없으면 그걸 할 사람을 새로 구하는 것도 쉽지 않은 일이다.

"휘둘러 봐! 우리는 안 하면 그만이야, 씨발!"

"큭."

그걸 눈치챈 여자가 악을 쓰자 원장은 짜증스러운 얼굴이 되었다.

엄밀하게 말하면 자신이 그들을 이용하는 게 맞기는 하지만, 그들이 아닌 다른 사람을 끌어들이는 것은 또 위험한 일이니 이래저래 물리고 물린 관계인 셈이었다.

"그래. 알았다, 알았어."

그는 눈을 찌푸렸다.

어쩌면 떡고물을 더 줘야 할지도 모른다고 생각했다. 하긴 1년 가까이 이 짓거리를 했으니 슬슬 욕심이 날 때이기는 했다.

"이번만 물러나 주도록 하지."

다시 야구방망이를 내려 두는 원장.

그는 짜증스러운 표정으로 구석에 있는 금고로 향했다. 그리고 곳에서 돈을 꺼내서 던졌다.

"50만 원이다. 건당 50만 원씩 더 주도록 하지."

"씨발, 우리가 거지야?"

"거지보다 못하지, 씨발 새끼들아. 주면 주는 대로 처먹어."

여자는 아무런 말도 하지 않고 그걸 그냥 받아 들었다. 어차피 이제는 상관없는 일이니까.

애초부터 필요한 것은 원장이 어디에 서류를 감추는지 알아내는 것이었다.

돈을 꺼내기 위해서 연 금고 안.

그 안에는 상당한 양의 서류가 보였다.

그 눈빛을 본 원장은 다 안다는 듯 피식 웃었다.

"털어 가고 싶냐?"

"……."

"지랄 마라. 이거 400킬로그램짜리야. 이건 특수 장비로 옮겨야 해. 그리고 이걸 열려면 독일에서 수입한 특수한 열쇠가 필요하지. 이건 복사도 못 해. 절대 못 열어. 그리고 열심히 털어 봐야 너희 생각보다 돈 그렇게 많이 안 들어 있다. 기껏해야 한 500만 원 들었나? 내가 병신이냐, 돈을 여기에다가 다 넣어 두게?"

피식 웃는 원장.

아마도 두 사람이 금고를 털고 싶어 하는 거라고 착각한 모양이었다. 물론 털 사람은 따로 있지만.

"이제 아가리 닥치고 가 봐."

"그런데 말이야."

분위기가 좀 나아진 듯하자 김우주가 조심스럽게 입을 열었다.

"우리가 데리고 온 애들이 지금까지 몇 명이지?"

"글쎄, 한 백 명쯤 되려나?"

"그 애들 다 보낸 거야?"

"그건 왜?"

"그냥……."

"갑자기 부성애라도 생겼냐?"

"그건 아니고, 그냥……."

"뭐, 대부분 보내기는 했지. 안 팔리는 애들은 다른 지역으로 보냈고."

"뒤는 확실하게 정리한 거지?"

"내가 이 짓 한두 번 해 보냐? 새로 호적 파서 깔끔하게 정리해서 보냈으니까 걱정하지 마. 문제 생길 일 없어."

"하지만 실종이라는 게……."

"정부에서는 협박으로 신고가 들어오지 않으면 제대로 수사도 안 해. 그냥 미아 취급이야. 한두 번 하냐?"

"그렇지만……."

"설마 너희들…… 협박해서 가외 수입이라도 얻어 보려는 거냐?"

김우주는 순간 움찔했다. 그러자 원장은 발끈했다.

"야, 이 새끼들아! 멍청한 짓 하지 마라!"

"멍청한 짓?"

"그래! 짭새 새끼들이 왜 안 엮이는데?"

협박이 이루어지기 전에는 어디까지나 단순 실종으로 취급된다. 그리고 경찰은 단순 실종은 수사하지 않는다.

그러니 그냥 두고 시간이 지나면, 말 그대로 잊힌다.

"하지만 협박 전화를 하면 그때부터 수사에 들어간다고. 너희가 노력하면 짭새들을 다 피할 수 있을 것 같아? CCTV만 뒤져도 너희 동선이 다 나오는데?"

"그, 그런가?"

"그냥 아가리 닥치고 있어. 솔직히 한 달에 서너 명씩 데리고 오면 부족하지는 않을 거 아냐?"

"그거야 그런데……."

"어쭙잖은 짓거리 하지 말고, 지금은 내 말대로 얌전히 아가리 닥치고 있어라. 나중에 문제 크게 만들지 말고. 협박은 나중에 해도 되는 거야."

"나중에?"

"흐흐흐."

원장은 눈빛을 반짝거렸다.

"몇 년 후에 우리가 아이가 어디 있는지 안다고 찾아가면 지들이 어쩔 건데?"

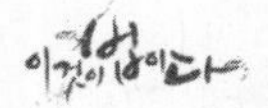

"아!"

우연히 알았다고 하면서 찾아가서 돈을 요구한다면?

아마도 대부분의 부모들은 어떻게 해서든 돈을 구해서 줄 것이다. 그러면 자신들은 그 돈을 받고 아이가 간 곳을 말해 주면 된다.

"이 장사도 적당히 하다가 손 털어야지. 길어지면 더럽거든. 손 털 때 적당히 받아서 나올 거야."

"우리 거는?"

"아, 누가 욕심 많은 년 아니랄까 봐. 그때가 되면 적당히 챙겨 줄 테니까 걱정하지 마."

눈을 찡그리면서 짜증을 부리는 원장.

"조금만 있으면 적당히 수익을……."

그가 막 이야기를 더 이어 가려고 하는 찰나였다.

드르륵!

문이 열리면서 들어오는 사람들.

그들은 하나같이 얼굴이 창백했다.

"뭐야, 일 안 해?"

보육원의 선생님들이었다. 그들은 창백한 얼굴로 원장과 김우주 부부를 바라보고 있었다.

"뭐야?"

들어온 남자는 당황한 듯 입을 쩍 벌렸다. 그리고 그 뒤로 계속해서 들어오는 사람들.

"뭐야? 씨발 일 안 해?"

사람들이 들어오자 짜증스럽게 말하는 원장.

하지만 직원들의 시선은 차갑기 그지없었다.

"뭐야?"

"당신…… 무슨 짓을 하는 거야?"

"뭐라고?"

"당신, 무슨 짓을 한 거냐고!"

직원들이 화를 내자 어이가 없다는 표정이 되는 원장.

"이놈들이 이거 왜 이래?"

"왜 이러냐니! 당신이야말로 미친 거 아냐! 인신매매라니! 보육원을 하면서 인신매매라니!"

원장의 얼굴이 차갑게 굳기 시작했다.

"이런 씨발!"

노형진은 자리에서 벌떡 일어났다.

"이건 계획에 없었는데?"

언론을 통해서 나라를 한번 뒤집어 보려고 했을 뿐, 그걸 거기 직원들이 보는 것은 계획에 없었다.

물론 보지 말라는 법은 없다.

그러나 아직 경찰이 출동하기 전이고, 직원들이 저런 식으로 나가면 원장이 알아차리게 된다.

아니나 다를까, 순간 상황을 이해하지 못한 듯 멍하니 있던 원장은 얼굴이 아귀처럼 변하더니 구석에 있던 야구방망이를 마구 휘두르면서 사람들을 쫓아 보내고는 문을 잠가 버렸다.

그 와중에 정교하게 만들어진 아기 인형은 바닥을 나뒹굴고 있었다.

"아무래도 바깥으로 쫓겨난 것 같은데?"

눈앞에서 닫히는 문을 보면서 손채림은 당황해서 말했다.

"다른 카메라로 돌려! 어서!"

노형진이 외치자 카메라를 바꾸는 손채림.

그러자 바닥에 쓰러진 다른 카메라가 내부를 비추기 시작했다. 인형의 안쪽에 감춰진 카메라였다.

철컥철컥.

원장은 문을 잠그고는 금고를 다시 열기 시작했다.

분명히 서류들을 소각할 속셈이었다.

"어쩌지?"

"경찰은?"

"아직도 멀었지."

"칫."

설사 경찰이 온다고 해도 영장도 없이 들어갈 리가 만무하다.

부아앙!

"어?"

그 순간 어디선가 거친 자동차 소리가 들려왔다.

그리고 웬 차가 속도를 줄이지 않고 그대로 보육원 안으로 달려들었다. 커다란 2톤 트럭이었다.

“뭐야, 저거?”

“저건 뭐지?”

“어어어!”

미친 듯이 내달리는 차량의 목표는 커다란 창문이 달려 있는 원장실의 벽이었다.

와장창! 요란한 소리를 내면서 날아든 트럭.

문제는 그 앞에 있던 금고였다.

트럭의 어마어마한 충격량이 금고를 밀어냈고, 그 앞에서 막 서류를 꺼내던 원장은 피할 틈이 없었다.

“어어, 으아아아악!”

그는 몸을 날렸지만 금고가 쓰러지는 속도가 더 빨랐다.

무려 400킬로그램짜리 금고다. 그게 그의 다리로 떨어졌다.

그리고 그의 처절한 비명이 인터넷으로 생중계되기 시작했다.

“끄아아악! 내 다리! 내 다리! 으아악!”

“어떤가?”

병원에 갔다 온 노형진을 보면서 송정한이 묻자 노형진은 고개를 흔들었다.

"무릎 아래쪽을 완전히 잘라 냈답니다."

"음……."

"그 무거운 금고가 모서리로 찍어 눌렀으니까요."

활짝 열린 상태로 넘어간 금고는 원장의 아랫다리를 거의 잘라 냈다.

병원에서는 어떻게 해서든 붙여 보려고 했지만 깔끔하게 잘린 것도 아니고 짓뭉개진 무릎을 어떻게 할 수 있는 방법이 없었다.

"어쩔 수 없지."

송정한은 안타깝다는 듯 말했다.

"자업자득일지도."

"아이들은 많이 찾았나요?"

"현재 조사 중일세. 하지만 적지 않게 발견하고는 있지."

그렇게 실종된 아이들은 미국과 유럽 그리고 북유럽 등 세계 각국으로 입양, 아니 팔려 나갔다.

각국에서는 아이를 찾기 위해서 소송이 시작되었다. 하지만 그 부분에 대해서는 새론이 해 줄 수 있는 게 없었다.

"그래도 여전히 많은 아이들이 실종 상태네."

"조만간 찾을 수 있겠지요."

노형진의 예상대로 이런 범죄가 인터넷으로 생중계되자 언론에서는 연일 이 문제에 대해서 성토했고, 정부에서는 지난 5년간 해외로 입양된 아이들에 대한 전수조사를 명령했다.

그뿐만 아니라 고아원이나 보육원에 있는 아이들 중 부모가 없는 진짜 고아들을 일괄적으로 검사할 수 있는 시스템을 만드는 한편, 미아의 경우 유전자를 등록하여 부모가 찾고자 한다면 자신의 유전자를 검사해서 비교해서 찾을 수 있도록 하는 법을 만들기 위한 법 제정에 들어갔다.

"한심스럽군."

수십 년간 매년 수많은 미아가 발생하는데 그 아이들을 찾기 위한 노력은 전혀 없었다는 점에서, 송정한은 이 나라의 시스템에 한숨이 나왔다.

"언제는 안 그랬나요? 우리나라야 뭐 언제나 뒷북 아닙니까?"

"그건 그렇지."

"그나마 뒷북으로라도 고쳐 주면 다행이지요."

만일 그들의 범죄가 인터넷으로 생중계되지 않았다면 아마도 이번 사건은 또다시 묻혔을 것이고, 부모들은 아이들을 찾아 헤매야 했을 것이다.

"그나마 이번에 고쳐져서 다행인 겁니다."

"다행이라……."

송정한은 그렇게 말하면서도 입안이 씁쓸했다.

새삼 현실의 무거움이 자신을 짓누르는 느낌이었다.

손님이 아니라 손놈

커피라는 것은 현대 문명에 있어서 일종의 필수 불가결한 요소가 되었다.

커피 한 잔으로 아침을 시작하고, 커피 한 잔으로 식후 입가심을 하고, 여유를 커피 한 잔과 함께한다.

그리고 그러한 현대 문명 때문에 커피숍은 나날이 늘어 간다. 당연히 그곳에서 일하는 사람들은 더더욱 늘어난다.

"주문하신 커피 나왔습니다."

노형진은 까딱거리면서 멍하니 천장을 바라보고 있었다.

"이건 사기야."

"사기는 개뿔. 네가 먼저 하자고 했잖아."

"내가 독박일 줄 알았나."

"원래 이런 건 말을 꺼낸 사람이 걸리는 거야."

새론은 변호사와 직원의 거리감이 강하지 않은 편이다.

다른 곳에서는 품격이 어쩌고 하면서 거리를 두라고 하지만, 팀 형태로 움직이는 새론의 특성상 그러한 분위기는 도리어 업무에 방해가 된다.

그리고 그러한 분위기 때문에 가끔 사다리 같은 걸 재미 삼아서 하는 편이다.

할 때는 재미있다. 하지만 독박은 재미없다.

"으으으…… 내가 그때 바꾸지 말았어야 했어."

"심리 전술에 걸리다니, 호호호."

"너도 걸렸잖아."

"난 돈은 안 내거든?"

"끄응……."

커피 내기 사다리를 했는데 손채림은 '커피 사 오기'를, 그리고 노형진은 '커피 사 오기+1만 5천 원'이라는 독박을 뒤집어쓴 것이다.

"어쩐지…… 중간에 바꾸라고 하더니."

"에헤, 어차피 공평한 게임이었다네. 안 그런가?"

"그건 그렇지만……."

사다리를 만들고 난 후 자리를 정하면 한 명당 두 개씩 임의로 선을 그어서 만드는 것이기 때문에 누가 걸릴지 모른다.

그런데 그 후에 바꾸지 않겠느냐는 손예은 변호사의 말에 홀랑 속아 넘어간 것이다.

“무표정하니 이거, 눈치도 못 채겠고.”

“호호호.”

툴툴거리면서 기다리는 노형진.

무려 열다섯 잔이 넘는 커피를 주문했으니 상당히 오래 기다려야 했다.

그래도 기다리는 것에는 문제가 없었다.

문제는 그런 상황에서 누군가의 찢어지는 듯한 고함 소리가 울려 퍼지기 시작했다는 것이다.

“어따 대고 반말이야? 고작 알바하는 주제에!”

“저기, 반말이 아니라…….”

“반말이 아니라니! 요즘 일하는 애들 어떻게 교육시키는 거야? 고작 알바하는 녀석 따위가 손님한테 반말을 찍찍 해대고.”

커피숍 앞에서 화를 내는 어떤 아줌마와 그 아줌마 앞에서 어쩔 줄 몰라 하는 여직원.

사람들은 무슨 일인가 하는 시선으로 그쪽을 바라보았다.

그런 시선을 느낀 건지 직원들은 더욱 어쩔 줄 몰라 했지만, 그 아줌마의 분노는 멈추지 않았다.

“지금 커피 한 잔 시켰다고 사람을 무시하는 거야, 뭐야?”

“죄송합니다.”

“죄송하면 다야! 다냐고! 사장 나오라고 해, 사장!”

마구 화를 내는 아줌마와 어쩔 줄 몰라 하는 직원들.

노형진은 그걸 보면서 왠지 짜증이 치밀어 올랐다.

그리고 그런 표정을 본 손채림은 한숨부터 나왔다.

“너 또 끼어들려고 그러는 거지?”

“아니, 저 아줌마 때문에 진행이 안 되잖아.”

무려 열다섯 잔이나 시켰기 때문에 한참을 기다려야 하는데 소란을 피우는 아줌마 때문에 주문이 진행이 안 되는 것이다.

죄송하다고 하는데도 불구하고 사장 나오라면서 난리를 피워서 머리가 지끈거리를 정도로 시끄러웠다.

“야 야, 나서지 마. 언젠가는 끝나겠지…….”

손채림은 말리다가 어이가 없다는 표정이 되었다.

그럴 수밖에 없는 게, 그 아줌마가 일하고 있던 아르바이트생의 얼굴에 커피를 던졌기 때문이다.

말 그대로 던졌다.

“아, 망했네.”

이쯤 되면 좋게 안 끝난다는 걸 안 손채림은 노형진에게 눈짓을 보냈다. 가서 해결하라는 뜻이다.

노형진은 그런 그녀의 시선에 피식 웃으면서 일어나서 그쪽으로 향했다.

“그만하시죠.”

“뭐야, 넌!”

"기다리는 손님입니다. 그런데 무슨 일인지 모르지만 이런 식으로 소란을 피우면 사람들이 곤란해합니다."

"화 안 나게 생겼어! 반말을 하잖아! 반말을!"

"무슨 반말요? 전 반말하는 거 못 들었는데요."

"커피 나왔다잖아! 나를 언제 봤다고 대가리에 피도 안 마른 녀석이 반말이냐고!"

"그러면 뭐라고 해야 하는데요?"

"'커피 나오셨습니다.'라고 해야지!"

노형진의 얼굴이 딱딱해졌다. 그리고 시선을 돌려서 손채림을 바라보았다.

그의 시선에는 '이거 생각보다 병신이다.'라는 의미가 담겨 있었는데, 그걸 알아차린 손채림은 '나는 몰라. 알아서 해라.'라는 생각에 고개를 스윽 돌렸다.

'끄응…….'

귀찮지만 어쩔 수 없이 나선 상황에서 그냥 넘어갈 수 없어서 노형진은 그 아주머니에게 차근차근 말했다.

"아줌마, '커피 나왔습니다.'가 맞습니다. 사물에는 높임말 안 써요."

"넌 또 뭐야?"

버럭버럭 화를 내는 아줌마.

노형진은 그런 그녀를 가뿐하게 찍어 눌러 줬다.

"지나가는 변호삽니다."

변호사라는 말에 순간 입을 다물고 눈을 디굴디굴 굴리는 아줌마를 보면서 노형진은 혀를 끌끌 찼다.

'이런 사람들의 특징은 똑같지.'

약한 사람 앞에서는 강한데 정작 강한 사람 앞에서는 약하다. 그래서 지나가던 변호사라고 한 거고, 노형진의 예상대로 그녀는 입을 다문 것이다.

"그래도 이 알바가 잘못한 거야! 내가 분명히 따뜻한 아이스 아메리카노를 달라고 했단 말이야!"

"따뜻한 아이스 아메리카노가 뭔데요?"

"뭐?"

"따뜻한하고 아이스는 반대입니다만? 영어 모르세요? 아이스에는 '차가운'이라는 의미가 있습니다만?"

노형진은 그렇게 말하면서 알바생을 힐끗 바라보았다.

주변에 떨어진 얼음. 다행히도 아이스 아메리카노였다.

"그리고 엄밀하게 말하면 이거 상해입니다. 만일 이게 뜨거운 커피였다면 흉기를 이용한 중상해가 되겠군요. 경찰 부를까요?"

노형진은 길게 말하기 싫어서 단호하게 선을 그었다.

"원하시면 경찰 부르고요."

"그건……."

"사장 나오라고 하는 게 맞겠네요. 직원에 대한 상해에 업무방해. 그리고 욕까지 하셨으니 모욕죄에……."

"난…… 그냥……."

주춤주춤 물러나던 아줌마는 갑자기 몸을 돌리더니 고래고래 소리를 지르면서 도망가기 시작했다.

"두고 보자!"

그걸 보고 혀를 끌끌 차는 노형진과 그 옆으로 다가오는 손채림.

"무슨 만화 개그 악당 캐릭터야? 두고 보자라니."

"그러게 말이다. 그나저나, 왜 나한테 떠넘기는데?"

"난 말발로 저렇게 못 밟아."

"웃기시네."

노형진은 코웃음을 치면서 시선을 직원에게 돌렸다.

"어서 가서 옷 갈아입으세요."

"감사합니다. 감사합니다."

노형진 덕분에 위기에서 벗어난 직원은 고개를 숙여서 감사의 인사를 건넸다.

노형진은 그런 그에게 미소를 지었다.

"감사의 인사는 괜찮으니 어서 가서 옷 갈아입으세요."

"덕분에 진상을 떨쳐 냈네요. 제가 감사의 인사로 커피라도 사 드릴게요."

"후회하실 텐데요?"

"네?"

"제가 주문한 건 열다섯 잔입니다."

"웁스."

"하하하, 그냥 제가 계산하지요. 나중에 따로 왔을 때 부탁드립니다."

노형진은 지나가는 해프닝에 미소만 짓고 말았다.

⚖

며칠 뒤 노형진은 손님을 만났다. 그런데 그 손님은 그가 아는 사람이었다.

"그 아줌마, 다시 왔습니까?"

"아니요. 아무래도 창피한 모양이더군요."

"다행이네요."

자신을 찾아온 손님은 다름 아닌 그 당시 커피숍에 있던 직원이었다.

"문성준이라고 합니다."

"반갑습니다. 커피는 잘 얻어 먹었습니다."

"그때 그 변호사님이셨군요. 몰랐네요."

"하하하."

문성준은 자신이 꺼낸 약속이라면서 기어이 열다섯 잔의 커피값을 낸 사람이었다.

그 정도면 적은 돈이 아니기 때문에 노형진은 기억을 하고 있었다.

"그런데 어쩐 일로 여기까지 오셨습니까? 사건 의뢰는 아니라고 들었습니다만."

변호사 사무실은 사건만 해결해 주는 곳이 아니다. 일반적으로 변호사들은 법률적 조언도 같이 제공한다.

그리고 이번에는 그것에 관한 이야기였다.

'보통은 나한테 그런 건 안 오는데?'

사건만으로도 바쁜 노형진에게 법률적 조언이 배당되는 것은 극히 드문 경우다.

그것도 무슨 거대 기업도 아닌 개인은 말이다.

'무슨 일인지 모르지만 쉽지 않은 조언이라는 뜻이겠군.'

더군다나 꼭 필요한 조언이라는 뜻이리라.

"그래서 묻고 싶은 게 뭐지요?"

"아르바이트를 하는 사람들을 위해서 노조를 만들고 싶습니다."

"아르바이트 노조?"

"네."

"있잖아요."

얼마 전에 파트타임 노조라는 조직이 발족되어 활동하고 있다는 것은 알고 있다. 그래서 노형진은 고개를 갸웃했다.

"압니다. 하지만 그건 상징적인 조직이고 진짜 알바생들을 위한 조직은 아니죠. 저도 정치 쪽에서 뭐든 해 보려고 하는 사람이니까 누구보다 현실은 잘 압니다."

"으음……."

노형진은 신음 소리를 냈다. 틀린 말은 아니기 때문이다.

실제로 그런 조직이 있지만 현행법상 그건 말도 안 되는 소리이고, 실제로 정치적인 조직이며, 또한 알바를 위한다기보다는 정치적인 싸움에 더 많이 이용된다.

"그래서 실질적으로 도움이 되는 조직을 만들고 싶다는 뜻이군요."

"네."

"현행법상 불가능합니다."

"압니다."

노동조합은 단위별 조합을 기본으로 한다. 무슨 뜻이냐면, 한 기업에 속한 사람들이 가입할 수 있다는 뜻이다.

물론 산별노조라는 것도 있다. 같은 기업은 아니지만 같은 직종에 근무하는 사람들이 속하는 곳이다.

"하지만 아르바이트생들은 어디에도 속하지 않지요."

한 기업에 속한 것도, 그렇다고 같은 사업에 속하는 것도 아니다.

엄밀하게 말하면 아르바이트생의 신분은 계약식 사원으로, 그 신분이 보장되지 않는다. 그 때문에 노조 활동이라도 하려고 하면 바로 해직당하는 것이 현실.

"압니다. 그래서 제가 제대로 도울 방법을 찾고자 하는 겁니다."

"제대로 도울 방법이라……."

"그런 방법이 확실히 있었으면 합니다. 하지만 대부분의 변호사들은 방법이 없다고 하더군요. 그런데 노 변호사님은 어떻게 해서든 방법을 찾는 분이라고 하시기에……."

"대부분의?"

노형진은 고개를 갸웃했다.

'대부분의'라는 것은 자신 말고도 다른 사람들을 찾아갔다는 소리다.

그런데 변호사들은 대부분 상담해 줄 때 돈을 받는다. 시간당 10만 원 정도다. 즉, 적은 돈은 아니라는 뜻인데.

"도대체 몇 명이나 찾아가셨기에요?"

"한 스무 명쯤 찾아갔습니다."

"네?"

노형진은 깜짝 놀랐다.

스무 명이라고 하면 한 시간씩 상담한다고 해도 무려 200만 원이다. 절대로 작은 돈이 아니다.

그런데 방법을 찾겠다고 여기저기 찾아다녔다고?

"혹시 정치 쪽에 계신 분입니까?"

"아직은요. 아까도 말씀드렸다시피 정치 쪽에 관심이 있기는 합니다만, 아직은 관심 정도입니다."

노형진은 그를 물끄러미 바라보았다.

물론 젊은 사람이 정치를 하지 말라는 법은 없다. 하지만 정치를 한다는 것은 상당히 돈이 많이 드는 것이 현실이다.

그리고 젊은 사람들은 돈도 돈이거니와 생활과 생존 때문에 정치를 하고 싶어도 하지 못한다.

그래서 정치인들은 부자들과 시간이 남아도는 노인네들의 놀음이 된 지 오래.

'그게 문제이기는 한데.'

물끄러미 바라보는 남자.

노형진은 그가 누군지 몰랐다.

'정치인 중에서 아는 사람이 있던가?'

물론 다 아는 건 아니지만 이렇게 젊은 사람이라면 한 번은 봤어야 한다.

'둘 중 하나군.'

정치인이 되고 싶다고 했지만 결국 되지 못하거나, 노형진이 미국으로 떠난 후에 정치인이 되거나.

'하긴 지금 나이에 정치를 하는 게 쉬운 게 아니지.'

애초에 정당에서 공천을 해 주지 않는다.

공천을 해 주지 않으면 무소속으로 나가더라도 당선되는 것은 요원한 일이다.

"문성준 씨는 뭐 하는 분이십니까?"

"네?"

"아무리 봐도 그냥 아르바이트생은 아닌 것 같아서요. 말씀하시는 것도 그렇고, 하는 행동도 그렇고 말입니다."

"그렇게 티가 나나요?"

"솔직히 말하면 그렇습니다. 그날 커피 가격만 해도 5만 원이었던 걸로 기억하는데요?"

일반적으로 커피숍에서 받은 임금은 최저임금보다 조금 더 나은 수준이다. 5만 원이면 거의 하루 종일 일한 일당에 준하는 돈이다.

그런데 그걸 가볍게 내다니.

"그리고 변호사를 만나는 것도 쉬운 게 아니고요."

결국 돈이 있으니까 변호사를 만나는 것이다.

결정적으로 그가 한 말에 힌트가 있었다.

"정치를 하고 싶다고 하셨지요? 보아하니 20대 중반쯤 되신 것 같은데, 그 나이에 정치를 하겠다는 확실한 의지가 있다는 건 둘 중 하나죠. 진짜 뭐든 해 보려고 하는 열혈 청년이거나 정치를 해도 될 만큼 여유가 있거나. 그런 분이 왜 아르바이트를 하는지 모르겠습니다만."

문성준은 미소를 지었다.

"역시 다르기는 하시네요."

"네?"

"다른 변호사들은 똑같은 정보를 가지고도 알아차리지 못하던데요. 부정은 하지 않겠습니다. 전 후자에 가깝지요."

"후자라 하시면……?"

"아버지가 작은 사업을 하십니다."

"작은 사업요?"

"네, 행선양행이라고."

"행선양행이라. 그건 작은 기업이라고 할 수가 없는데요?"

행선양행은 한국에 있는 기업이다.

대룡 같은 곳처럼 아주 터무니없이 큰 대기업 계열은 아니지만 중견 기업치고는 상당히 큰 규모를 자랑한다.

하지만 행선양행이 유명한 이유는 그 경영 철학에 있다.

그쪽의 회장의 경영 철학은 딱 그거다. 바른 건 바른 거고 잘못된 건 잘못된 거다.

그는 철저하게 바르게 움직이는 사람이다.

한 번은 정치권에서 정치자금을 주지 않는다고 세무조사를 했는데 털어 낼 게 없어서 포기했다고 할 정도로, 그의 바름에 대한 신념은 극단적이었다.

'나와는 좀 다르지.'

자신도 정의라는 것, 바름을 추구하기는 하지만 그 과정에서 불법밖에 방법이 없다면 그걸 쓰는 것을 주저하지 않는다.

하지만 행선양행은 그런 기업이 아니다.

결과가 바르더라도 과정이 바르지 않다면 혐오하며 하지 않는다. 과정이 바르지 않다면 언젠가는 변질될 거라 생각하니까.

"아니, 그런 곳의 아드님이 왜 커피숍에서 아르바이트를 하시는 건지?"

아무리 행선양행이 상대적으로 작은 규모라고 하지만 그 정도로 작은 건 아니다.

“회사에서는 일을 배울 수가 없지 않습니까?”

“네?”

“전 셋째입니다. 형님들이 워낙 잘났다 보니 저한테까지 지분이 올 것 같지는 않아서요.”

“재산권 분쟁 말씀이십니까?”

“그건 아니죠.”

문성준은 어깨를 으쓱했다.

“어차피 재산이야 똑같이 나눌 거 아닙니까? 그건 아버지께서 공표하신 것이니 재산 가지고 싸울 생각은 없습니다.”

“그런데요?”

“다만 경영권이 문제지요.”

경영에 관해서 가장 잘 이해하고 또 실제로 물려받을 사람은 첫째 형이었다. 그는 착실하게 경영 수업을 받고 있다.

둘째 형은 현재 미국에서 공부 중이라고 했다.

“경영에 관심을 가진 건 첫째 형이고, 둘째 형은 그런 거에 관심이 없습니다. 의사가 되고 싶다고 하더군요.”

“그런데?”

“전 정치인이 되고 싶었습니다.”

자신들을 찾아와서 돈을 요구하는 정치인들을 보면서, 그리고 돈을 주지 않자 세무조사를 하는 그들을 보면서 문성준은 정치인이 되고 싶어졌다.

제대로 된 정치인이 되어서, 이게 올바른 정치라는 것을 보여 주고 싶었다.

'역시 호부 밑에 견자 없다더니.'

아버지가 바른 사람이니 자식들도 바르게 자라나기는 하는 모양이다.

"그런데 아버지가 그러시더군요, 사회도 모르는 새끼들이 정치를 한다고 지랄하니 나라 꼴이 이 모양 이 꼴인 거라고, 정치를 하고 싶다면 사회부터 배우라고."

"그래서 아르바이트를 하시는 겁니까?"

"네."

"틀린 말은 아니네요."

정치를 한다고 하는 사람들 중 아래에서 진짜 고생해 가며서 일해 본 사람들이 얼마나 되겠는가?

공천 한번 받으려면 몇억 단위로 정당에 바쳐야 하는 게 한국 정치다.

진짜로 일을 해서 돈을 버는 사람들은 그 돈을 마련할 수가 없다. 결국 부자들만 정치를 하는 구조가 되었다.

"그래서 그곳에서 일하는 겁니다. 사회를 배우려고요."

"그래서 여유가 되어서 커피를 사 주신 건가요?"

"그건 아닙니다. 다만 정치인의 기본은 약속 아닙니까? 어떤 정치인은 지키지 않아도 되는 공허한 약속이라고 공약이라고 하던데, 전 그렇게 배우지 않았습니다."
자신의 입으로 꺼낸 말이니 약속을 지켰다는 것이다.
"허."
노형진은 그가 상당히 마음에 들었다. 이런 사람이 요즘 있을까 싶을 정도였다.
"그런데 왜 갑자기?"
"저도 젊은 사람이니까요. 아마 노 변호사님은 제 마음을 이해하실 거라 생각합니다만. 저와 비슷한 또래시니."
"뭐……."
비슷한 또래는 아니다. 내면은 확실히 과거의 기억을 가지고 있으니까.
하지만 그가 생각하는 마음을 모르는 바가 아니었다.
"조급하신 거군요."
"제가 정치를 하기 위해서는 10년이 걸릴지 20년이 걸릴지 모릅니다. 그 전에 올바른 사람이 나와서 제대로 뜯어고치면 좋겠지만 그게 쉬울 리 없지요. 아버지의 도움을 받는 저조차도 쉬운 게 아닌데."
"하긴."
젊은 나이에 정치를 한다고 투신하는 사람들의 면면을 살펴보면 대부분 금수저이며 특정 계파 소속이라는 특징이 있다.
즉, 일종의 기업 넘기듯이 자기 사람만 뽑으려고 하는 것이다.

"그래서 그 전에 제가 할 수 있는 방법을 찾고 싶은 겁니다."

"겸사겸사 이름도 떨치고요?"

"이런, 걸렸나요?"

"하하하, 그 정도 생각도 안 하고 설마 정치하시려고 했겠습니까?"

그가 하려고 하는 것은 위법도 아니다.

어찌 되었건 최소한 그는 현실의 문제를 해결하려고 노력하고 있으니까.

"파트타임 노조는 생각 안 해 보셨습니까?"

"저도 해 봤습니다. 솔직히 찾아가 보기도 했지요. 그런데 제가 생각한 곳은 아니더군요."

자신은 정치인이 되든 말든 최소한 부정한 행동을 고치고 싶었다.

그러나 그들은 그런 것에 대해 저항하기보다는 정치적인 언성을 높일 뿐이었다.

진짜 부당한 것에 대해서는 입을 다물고, 자신들이 이길 만한 만만한 사람에게만 덤비면서 이름을 날리려고 하고 있었다.

"더군다나 제가 가니까 극도로 꺼리더군요."

"그렇겠지요."

아무리 계파가 있고 밀어주는 사람이 있다고 하지만 어떻게 보면 그곳에서 일하는 자들은 서로 경쟁자다.

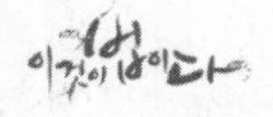

이름을 날려서 당의 지원을 받아 국회의원이라는 이름을 달고자 하는.

'그런데 문성준은 너무 배경이 어마어마하지.'

그들도 나름 금수저이기는 하지만 문성준 정도는 아니다.

정치인들의 입장에서도 혹시 모를 정치자금을 받고자 문성준을 밀어주려고 하지 다른 사람을 밀어줄 가능성은 그다지 높지 않다.

"도움을 요청했지만, 제가 원하는 도움은 아니더군요."

"뭘 요청했는데요?"

"말 그대로 아르바이트생들의 현실적 문제 해결 방법요."

"하아."

노형진은 한숨부터 나왔다.

"그 사람들이 알 것 같습니까?"

"제가 꿈이 너무 컸나 봅니다."

"정치를 지망한다는 게 결코 모든 문제에 대한 해결책을 가지고 있다는 뜻은 아닙니다. 그럴 거면 왜 싱크 탱크가 필요하겠습니까?"

물론 파트타임 노조도 나름 방법을 찾는다고 하기는 한다.

하지만 그들은 언제나 비슷한 방법을 쓸 뿐이다. 기자회견이나 그 앞에서 집회를 하는 방식 말이다.

그나마도 사회적으로 이슈가 되거나 자신들과 친분이 있는 사람들이 당하는 경우만 그렇지, 대부분의 업체들은 그냥 두는 것이 현실이다.

“현실적으로 파트타임 노조는 이 아르바이트 시장에서 제대로 된 억제력을 가지고 있지 못합니다. 전 그걸 가진 집단을 만들고 싶은 거고요.”

“흠…….”

노형진은 턱을 문지르면서 고민했다.

문성준이 원하는 것은 확실하다. 하지만 그걸 해결하는 것은 쉬운 게 아니었다.

아르바이트를 하는 젊은 청년들을 위한 문제를 해결하고자 하는 것은 좋지만, 그 많은 문제를 해결할 방법이 있을 리 없지 않은가?

“어떤 문제를 생각하시는데요?”

“뭐든요.”

“뭐든?”

“네. 임금 체불도 그렇고, 성희롱이나 모욕도 그렇고, 또는 지난번에 봤던 그런 진상도 그렇고 말이지요.”

“불가능합니다.”

노형진은 고개를 흔들었다.

그 정도 규모의 문제를 해결하려면 못해도 노조원 10만 이상의 규모를 가지고 있어야 한다.

그런데 아르바이트하는 사람들이 노조에 가입하는 것은 쉬운 일이 아니다. 법적으로 인정되지 않는다는 것은 둘째

치고도 말이다.

'그러고 보니 파트타임 노조도 문제가 많기는 하지.'

겉으로는 상당히 올바른 진보인 척하지만 내면은 썩을 대로 썩어 버린 조직 중 하나였다.

정치가 관련되어서 그런 건지 아니면 친목질을 하다 그런 건지 모르겠지만, 종국에 가서는 반사회적 집단과 손을 잡고 정상적인 기업에 협박이나 갈취 등을 하는 일이 벌어지면서 결국 사회적으로도 누구도 인정하지 않는 자기들만의 리그가 되어 버렸다.

'그런 놈들이 아르바이트로 고생하는 젊은 청년들을 대표한다는 것 자체가 웃긴 일이지.'

아니, 애초에 파트타임 노조를 이끄는 자들 자체가 파트타임으로 일을 해 본 적조차도 없는 사람들이 대부분이다.

오로지 정치인이 되기 위해서 집안과 주변의 지원을 받아서 활동하는 것이다.

"그래서 찾아온 겁니다. 방법을 찾고 싶어서요."

"제가 무슨 마법사도 아니고, 법적으로 안 되는 아르바이트 노조를 저라고 무슨 수로 만들겠습니까?"

"다른 방법이라도 있을까요? 돈은 좀 써도 상관없는데."

"흠……."

노형진은 잠깐 고민했다. 하지만 여전히 방법이 보이지 않았다.

“제가 조금 더 고민해 보죠.”

당장 보이는 방법이 없었기 때문에 노형진이 해 줄 수 있는 것은 그 말뿐이었다.

“그래서 고민 중인 거야? 며칠 동안 죽상이기에 무슨 심각한 사건이라도 생긴 줄 알았네.”

“마땅히 방법이 없네.”

어깨를 으쓱하는 노형진.

문성준의 부탁을 받고 방법을 찾고 있지만 법적으로는 그의 방식에 한계가 있었다.

“정식으로 수임한 사건은 아니잖아?”

“그렇지.”

“그런데 왜 그렇게 고민이야?”

“그게 올바른 길이니까.”

아르바이트를 하면서 고통받는 사람들은 너무나 많다. 노형진도 그들의 고통을 안다.

자신도 회귀 전에는 돈을 벌기 위해서 아르바이트를 했었다.

택배 상하차도 해 봤고, 시장에서 옷도 팔아 봤고, 편의점 편돌이를 해 본 적도 있으며, 주유소에서 속칭 총이라고 불리는 걸 쥐고 기름을 넣기도 했다.

하지만 더러운 꼴도 그만큼 많이 봤다.

돈을 안 주는 것도 흔하고, 심지어 성희롱을 당한 적도 있었다.

여자도 아닌 남자인 노형진이 성희롱을 당할 정도이니 여자들은 얼마나 심한지 답이 안 나올 지경.

"사실 앞에 나서서 언성을 높이는 건 누구나 할 수 있어. 그렇지만 해결책을 만드는 건 힘들지. 뭐가 잘못되었다고 말하는 거야 어려운 게 아니야."

"그런가?"

"단순히 정치만 봐도 그래. 뭔가가 잘못되었다고 말만 하는 게 아니라 그 해결책을 달라고 하면 정치인들은 대부분 입을 다물걸."

"쩝, 부정을 못 하겠네. 팩트다, 팩트."

어찌 되었건 확실한 건, 현재 법으로는 아르바이트생을 보호하는 데 한계가 있다는 것이다.

물론 법적으로 고발을 하는 것은 가능하다.

"하지만 그건 돈이 많이 들잖아. 그리고 대부분의 사람들은 그렇게 해결한 시간이 안 되고."

아르바이트비를 안 준다고 고소나 고발을 하면 소송과 재판에만 3개월이다. 그나마 제대로 처벌도 받지 않는다.

심지어 대기업조차도 대놓고 무시하는 게 노동법인데 작은 곳은 과연 안 그럴까?

"결국 그걸 막기 위해서는 사회적인 분위기를 바꿔야 해. 일해 주고 읍소하듯이 받는 게 아니라 정정당당하게 요구하고 또 줘야 하는 것이라고 말이야."

"한국인이? 그럴 것 같지는 않은데? 아마 인구수 대비로 사기꾼이 제일 많은 국가를 고르라면 한국일걸."

"너무 부정적인 거 아냐?"

"부정적인 게 아니라 현실이잖아. 나도 못 받은 게 있는데."

"너도?"

"그럼. 내가 여기에 바로 온 건 아니잖아."

"하긴."

노형진이 새론에 취업하기 전 다른 곳에서 잠깐 아르바이트를 한 적이 있다고 했다.

"50만 원을 끝까지 안 주더라고."

"그래서?"

"그래서는 뭐가 그래서야. 그냥 법대로 했지. 변호사 사무실 다니는데 그냥 포기하고 나올 수는 없잖아?"

어깨를 으쓱하는 손채림.

"마음 같아서는 누가 아주 그냥 화끈하게 밟아 버렸으면 좋을 것 같다니까."

"그렇겠지."

"언론 같은 곳에서도 이런 걸 다뤄 주면 좀 좋아?"

"워낙 흔하게 벌어지는 일이니까 뉴스로서의 가치는 좀……."

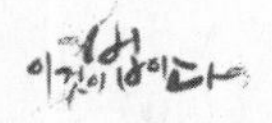

말을 하려던 노형진은 순간 머릿속이 번쩍 빛났다.

"내가 왜 그 생각을 못 했지?"

"응?"

"그 생각 말이야. 언론을 이용하는 거야."

"언론? 무슨 소리야? 방금 네가 그랬잖아, 언론에서 이런 건 잘 안 써 준다고."

"언론이라면 그렇지. 하지만 예능이라면?"

"예능?"

"응. 나 머릿속에서 엄청 좋은 생각이 났다."

그 표정을 보면서 손채림은 혀를 끌끌 찼다.

노형진은 그런 그녀를 보면서 반문했다.

"왜 또 혀를 차는데?"

"네 표정을 보아하니 또 여럿 잡게 생겼다 싶어서 말이지."

"그래서 안 할 거야?"

"아니. 보통 이런 일은 재미있더라고. 난 당연히 해야지."

"아마 이번에는 상당히 재미있을 거야."

물론 그 재미는 국민들이 볼 것이다.

하지만 당하는 사람의 입장에서는 자살하고 싶어질 것이다.

"방송국요?"

“정확하게는 언론사입니다.”

“언론사?”

“네. ‘뒷북뉴스’라고 들어 보셨어요?”

“네? 아, 알죠. 젊은 사람들이 보는 인터넷 뉴스 아닙니까?”

“문성준 씨도 상당히 젊은 사람인데요?”

“아…… 그러네요. 거참, 정치한답시고 노인들만 만나다 보니.”

“우리나라 정치의 문제죠. 노인만 정치하는 거. 뭐, 그건 차근차근 고쳐 가시고. 정확하게 말하면 방송국이 아니라 인터넷 언론사입니다.”

“뒷북뉴스 같은 거라면 이해가 갑니다.”

뒷북뉴스는 노형진이 인터넷 언론사들과 만든 언론 단체이다.

보통은 언론의 생명을 신속이라고 한다. 하지만 뒷북뉴스는 그게 아니라 진실을 추구한다.

사료 회사 사모님이 뇌물로 쉽게 풀려나서 병원에서 생활하던 걸 발각해 낸 걸 기준으로 만들었는데, 뒷북뉴스의 목적은 빠른 소식 전달이 아니라 기존 뉴스의 재발굴이다.

“아주 아이디어가 좋다고 생각했는데.”

“그거, 제 아이디어였습니다.”

“오오, 어쩐지 참 대단하다고 생각했습니다.”

뒷북뉴스는 이미 해결된, 또는 국민들이 부당하다고 생각했던 사건을 계속 조사해서 파고든다.

가령 어떤 기업이 잘못을 했을 경우 그 기업은 그걸 벗어나기 위해서 기부한다거나 자원봉사를 한다는 식으로 이야기한다.

그러나 언론에서 좀 잠잠해지면 그걸 지키는 기업은 극히 드물다.

'하지만 뒷북뉴스는 그걸 노리지.'

사건 이후에 벌어진 일들 그리고 그들이 실제 행하는 것에 대해서 조사하는 것이다.

그 덕분에 사건이 몇 번이나 뒤집힌 적이 있는데, 그중 한 예로 1심에서는 재벌 3세에게 실형이 나왔다가 국민들의 관심이 줄어들자 2심에서 집행유예로 형량이 낮춰진 사건이 있었다.

뒷북뉴스는 그 누구도 기억하지 않던 그 사건을 파고들어서 형량이 낮춰진 이유와 그 과정에서 검찰과 법원에 뿌려진 어마어마한 뇌물에 관해 보도했고, 이 덕에 3심에서는 파기환송되어 실형으로 확정되어 버렸다.

그리고 이러한 지속적인 활동 덕에 '시간이 지나면 잊히겠지.'라고 생각하는 사람들이 많이 줄어들었다.

"이걸 이용하는 겁니다."

"이걸 이용한다고요?"

"네. 이걸로 예능을 만드는 거죠."

"예능?"

문성준은 순간 당황했다.

뉴스라고 생각했다. 그런데 예능이라니?

"뉴스는 딱딱합니다. 공개적으로 퍼지는 속도가 무척이나 느려요. 그리고 언론을 통해서 뿌리는 것도 한계가 있고요."

"그거야 그렇지요."

자신들이 만든 뉴스를 언론에서 보도할 줄 가능성은 낮다.

"하지만 예능은 재미있지요. 기대도 되고 말입니다. 그리고 사람들이 뉴스는 안 찾아봐도 예능은 찾아보지요."

"이해가 잘……."

문성준은 이해하지 못하겠다는 얼굴로 고개를 갸웃했다.

하지만 손채림은 바로 알아들었다.

"아! 엔수 프로피아 트람 파!"

이상한 말에, 두 사람의 시선이 그녀에게 향했다.

"그건 예능보다는 다큐지."

"그게 뭔데?"

"외국에 있는 프로그램이야. 우리나라 말로 번역하면 자신의 함정에 빠진다는 건데……."

쉽게 말해서 범죄자들이 범죄를 저지르는 것을 포착하면 거기에 고의적으로 당하는 척하면서 그 모든 걸 촬영해서 언론에서 바로 때려 버리는 것이다.

"우리나라처럼 이래서 이랬습니다 하고 단신으로 처리하

는 게 아니라 상당한 시간 동안 촬영하고 그걸 증거 삼아서 바로 언론에서 때려 버려서, 벗어나는 건 불가능해. 나도 거기서 공부해서 그런 프로그림이 있다는 걸 알아. 독일에 유학온 칠레 친구 중 한 명이 그 프로그램 광팬이어서 몇 번 봤거든."

쉽게 말해서, 누군가 아동을 성추행하면 그걸 몰래 촬영해서 언론에서 때려 버리는 것이다.

"아, 다큐에 들어가나?"

"아아!"

대충 무슨 뜻인지 알아챈 문성준은 약간 오싹하다는 느낌이 들었다.

"그거 제대로 나가면 어마어마하겠는데요?"

"그렇지요? 우리나라에는 좋은 예능이라는 게 있었지요."

좋은 예능은 사회적으로 상을 받을 만한 행동을 하는 사람들에게 상을 주는, 그래서 국민들을 계몽시키는 역할을 한다.

대표적인 예가 '함께합시다'라든가 '양심 에어컨' 같은 것들이다.

"하지만 우리가 만드는 건 그 반대지요."

사회적으로 문제가 되는 놈을 드러냄으로써 그를 매장시켜 버리는 것이다.

공통체를 우선시하는 대한민국의 특성상 그런 작자들은 일단 드러나면 완전히 매장된다.

지금이야 그들이 권력을 잡은 작자들이고 또 드러날 일이 없기 때문에 문제가 되지 않지만 말이다.

"그들의 인맥은 이럴 때는 쓸모가 없지요."

갑질을 하는 진상들이 힘을 쓸 수 있는 것은 자신들이 지역사회에서 힘을 쓸 수 있는 위치에 있거나 또는 손님은 왕이다라는 말도 안 되는 생각에 잡혀 있기 때문이다.

"하지만 이런 식으로 언론에 나가면……."

"누구도 아닌 척하지 않지요."

만일 누군가 그를 옹호하면서 지키려고 한다면 그 역시 똑같은 놈이 될 뿐이다.

강간범을 옹호하는 작자들은 결국 똑같이 강간범 취급을 당하니까.

"더군다나 자기가 언론에 다시 나가고 싶은 인간은 없겠지요."

"네."

주변에서 그런 일이 벌어지면 누구도 갑질을 하지는 못할 것이다.

하지만 반대로 아르바이트생들의 입장에서는, 최악의 경우 고발할 수 있는 사회적 단체가 있는 것이다.

"하지만 그거 법적으로 문제가 되지 않습니까? 이런 말 하면 그렇지만, 사실상 그들의 인생은 박살 나는 셈인데요."

"남의 인생 박살 내는 놈들한테 자비는 아까울 뿐입니다. 그리고 그렇게 박살 나지 않아요."

"네?"

"인간의 기억력은 한계가 있거든요. 3년 전에 예능에서 뭐 했는지 기억하세요?"

"아……."

그 당시에는 상당히 이슈가 되고 떠들썩했을지 모르지만 시간이 지나면 다 잊히기 마련이다.

"물론 현재 하는 가게에는 타격이 크겠지요. 아마 그곳을 내놓고 나가야 할 겁니다."

"그렇겠지요."

"하지만 그 정도는 복수라고 할 수 있지 않을까요? 어차피 그런 가게를 하는 사람들 중 대다수는 전면에 나설 이유도 없는데."

"그렇기는 하네요."

그들은 가게를 내놓고 다른 곳에 가서 다시 가게를 열 수도 있다.

물론 그 과정에서 적지 않은 금전적 손실은 있을 것이다.

하지만 자신들이 저지른 일에 대해서 그 정도의 처벌은 받아야 하지 않겠는가?

"물론 소재를 고르는 과정에서 적절한 선정은 있어야겠지요. 갱생의 여지가 있다거나, 너무 작거나 진짜로 돈이 없어서 임금을 못 준다거나 하는 곳은 걸러내야 할 겁니다."

사실 프로그램을 일주일에 하나만 만든다고 하면 1년에

기껏해야 쉰두 군데밖에 되지 않는다.

전국에는 수십만 개의 업체가 있고 그중에 진상을 부리는 곳은 더 많으면 많았지, 적지 않다.

더군다나 진상의 대상은 주인만이 아니다. 집요하게 찾아와서 진상을 부리는 녀석들도 있다.

고객이라는 이름하에 직원을 노예처럼 부리는 인간들.

"그 숫자는 많지 않지만 파급력이 대단하니 다들 겁을 먹을 겁니다."

"섣불리 진상 짓이나 갑질을 하는 문화가 좀 고쳐질지도 모르겠네요."

"거기에다가 경고도 할 수 있지요."

"경고?"

"네."

"어떤 경고요?"

"가령 출연시킬 정도는 아니지만 좀 과해서 혼 좀 내 줘야 하겠다 싶으면 몰래 촬영하다가 걸리는 척하는 것도 방법이지요."

"큭."

갑자기 손채림이 소리를 내면서 웃었다.

"왜 그래?"

"아니, 아까 그 프로그램, 그거 보고 있으면 대부분 반응이 비슷하거든."

잘못했다, 다시는 안 그러겠다, 한 번만 봐 달라, 그런 식으로 자기 변명을 한다는 것이다.

"만일 그런 식으로 경고한다면 아마 심장이 서늘해질걸. 그래서 살려 달라고 눈물 콧물 질질 짤걸."

"그렇겠지. 그게 노리는 거고. 그렇게까지 했는데 또 헛짓거리를 하겠어?"

"안 하겠지. 한다고 하면, 그때는 진짜로 방송 타면 되는 거고."

노형진은 고개를 끄덕거렸다.

문성준의 얼굴에 미소가 떠올랐다. 딱 자신이 원하는 효과가 나올 수 있는 방법이었던 것이다.

"역시 어떻게 해서든 길을 만드는 분이시군요. 이건 생각보다 잭팟인데요."

만일 자신이 이 방법으로 전면에 나선다면 정치 쪽으로 가는 것도 상당히 편해질 것이다.

"이거 완전히 재미있겠는데? 엄청 기대된다."

손채림은 눈을 반짝거리고 있었다.

진상을 만나다

지난 정부 때 인터넷 언론사의 등재가 쉬워짐으로써 세상은 여러 가지가 바뀌었다.

사람들은 아직 그 차이를 모르고 있지만 노형진은 그 차이를 정확하게 알고 있었고, 그걸 또 이용할 줄 알았다.

"단촐하네."

"처음부터 화려하게 시작할 수는 없으니까."

보통 방송에 나가는 예능은 수십 대의 카메라를 동원해서 촬영한다.

하지만 이곳에서 찍고 있는 예능은 카메라가 세 대뿐이다. 그나마 두 대는 몰래 카메라로 되어 있다.

"애초에 고발 카메라이니 드러내고 찍을 수는 없으니까."

"오호."

신기한 듯 주변을 두리번거리는 손채림.

때마침 저 멀리서 문성준이 싱글거리면서 다가오는 것이 보였다.

"오셨습니까?"

"네. 그나저나 적지 않은 돈이 들어갈 텐데요."

"아버지에게 말씀드려서 지원을 부탁했지요."

"해 주셨습니까?"

"아버지 성격을 잘 아시지 않습니까?"

"하하하."

맞는 말이다.

문성준의 아버지는 잘못된 것을 보면 그냥 넘어가지 못하는 타입이다. 그러니 지원을 해 줄 것이다.

"그런데 이거, 처음에는 그렇다고 쳐도 앞으로도 계속 지원해 주실까? 아무리 인터넷 방송으로 만드는 거라 예산이 적게 든다고 하지만……."

"아, 그건 걱정하지 마. 인기가 생기면 협찬으로 메꿀 거니까."

"협찬?"

손채림은 고개를 갸웃했다.

엄밀하게 말하면 이건 다큐멘터리이자 고발 프로그램이다. 그것도 사용자에 대한 고발 프로그램.

그러니 사용자가 협찬해 줄 것 같지 않았기 때문이다.

손채림이 그 부분을 지적하자 노형진은 고개를 흔들었다.

"일부는 그렇지."

"일부는 그렇다?"

"그래. 일단 이쪽에서 촬영하는 것은 대부분 대기업이 아니라 작은 가게나 진상 손님들이야."

"그런데?"

"큰 기업들은 이런 프로그램에 지원함으로써 도리어 이미지를 좋게 할 수 있지. '봐라. 난 바르게 사업한다.' 같은 식으로 말이야."

"아!"

손채림은 노형진이 말하는 바를 바로 알 수 있었다.

바른 기업들이라면 이것을 통해 광고하려고 할 것이다.

그에 반해서 바르지 않은 기업들은 이 프로그램에 분노할 테고.

"결국 제대로 된 곳만 데리고 간다 이거지?"

"그렇지."

애초에 이런 다큐는 제작비가 그렇게 많이 들어가는 것도 아니다.

아무리 사회를 배우고 있다고 하지만 문성준은 어찌 되었건 재벌 집의 아들내미다. 다른 재벌 집 아들내미가 하루에 먹는 술값이면 한 달은 제작하고도 남으리라.

"그나저나 자랑스러운 첫 번째는 누구야?"

"자랑스러운? 글쎄, 자랑스러운이라."

"재미있게 하려면 명패라도 하나 줘야 하는 거 아니야?"

"아! 그거 좋은 생각이네."

아주 명패까지 박아서 증정하면 보는 사람들도 웃길 테고, 당하는 사람은 얼굴을 들고 다닐 수도 없을 것이다.

물론 그걸 입구에 걸어 놓지는 않겠지만.

"뭐, 그건 바로 주문하면 되겠네요. 만드는 데 이틀이면 되니까."

촬영은 최소 일주일 이상 진행되어야 한다.

실제로 성희롱을 하는 경우도 있지만 돈을 뜯어내려는 이유로 고발하는 꽃뱀 사건도 있는 게 사실이다.

한 명의 주장만 듣고 방송을 하는 것은 언론사로서는 치명적인 문제라고 할 수 있다.

"그나저나 촬영 대상이 누구인지 저한테도 말해 주지 않으셨습니다만?"

"아, 첫 촬영이라 주변에서 좀 알아봤습니다. 그런데 커피숍에서 일하던 다른 아르바이트생이 추천을 해 주더군요."

"추천?"

"네. 백화점에서 일하는 자기 언니한테 들었다고 하더군요."

모녀인데, 백화점에서는 VIP 손님으로 불린다고 한다. 그만큼 많이 산다는 뜻이다.

그런데 문제는 그 점을 악용한다는 것.

"그냥 사서 가면 좋은데 그러는 경우는 거의 없다고 합니다. 말도 안 되는 주장을 하거나 손해배상을 하라고 깽판을 치고, 심지어 폭행을 하는 경우도 있다고 합니다."

"호오?"

노형진은 귀가 솔깃해졌다.

"아니, 백화점에서 그걸 그냥 둬?"

"그냥 둘 수밖에 없지. 그 백화점이 서울에 있는 곳인가요?"

"네."

"그렇다면 그 사람은 1년에 1억 이상의 매출을 올려 주는 사람이라는 뜻이야. 그런 사람이 얼마나 되겠어?"

"1년에 1억?"

어마어마한 돈에 입을 쩍 벌리는 손채림.

자신의 연봉이 보너스까지 다 합쳐도 3천 가까스로 넘는데, 쓰는 돈이 1억이라니?

"아마도 졸부 집 마나님인가 보지."

"헐."

"네, 듣기로는 남편이 거대 기업의 이사라는데, 연봉이 한 3억쯤 되는 모양이더군요."

"그래서요?"

"모녀가 와서 매일같이 진상을 부려서 백화점에서 그만두는 사람이 많다고 하더군요. 회사에서는 말릴 생각도 없고요."

"말릴 리 없지."

회사의 입장에서 직원은 언제든 대체할 수 있는 존재다. 그에 반해서 그렇게 많이 쓰는 손님은 흔하지 않다.

"몇몇이 고발하려고 했지만……."

"했지만?"

"회사에서 막았답니다."

"그럴 겁니다."

웃기지만 대부분의 기업들은 진상들을 보호하기 위해서 혈안이 되어 있다. 고객이라는 이름하에 말이다.

"우리나라는 웃기단 말이야. 도대체 왜 진상을 보호하는지."

진상을 지키기 위해서는 멀쩡한 고객에게 들어갈 자금과 노동력이 소모되어야 한다. 그러니 차라리 그런 진상들을 쳐내는 것이 맞는 말이다.

그런데 우리나라는 대상이 고객이라고 하면 일단 찍소리도 못 하는 걸 당연하게 여기는 성향이 있다.

"하여간 모녀 이야기를 들어 보니 상당히 재미있을 것 같더군요."

문성준은 그 이야기를 하면서 잔뜩 기대에 찬 얼굴이었다.

"이제부터 촬영을 해 볼까 하는데 어떻게, 한번 가 보시겠습니까?"

"그런데 촬영하려면 당사자들에게 동의를 얻어야 하는 거 아닙니까?"

문성준이 씩 웃었다.

"안 그래도 이미 연락해 봤습니다. 거기서 일하는 사람들 모두 두 손 들고 환영하더군요. 아주 치를 떨고 있습니다."

"그래요? 하지만 백화점인데?"

엄밀하게 말하면 남의 가게가 아닌가?

노형진이 피식 웃었다.

"걱정하지 마. 백화점은 공공의 공간으로 취급돼."

"공공의 공간?"

"그래."

사유지에서 촬영을 하는 것은 불법이다. 하지만 일반 대중에게 쉽게 공개된 공간은 법적으로 공공의 장소로 취급되며, 그곳에서 촬영하거나 하는 것은 합법이다.

물론 개인이 무차별적으로 촬영하는 것은 좀 곤란할 수도 있지만.

"하지만 우리는 이미 언론사로 등록해 둔 상황이지. 그러면 어지간한 위법성은 사라진다고. 내가 왜 쓸데없이 언론사로 등록하자고 했겠어?"

"아!"

"더군다나 이건 명백하게 사회 고발 프로그램이야. 사회 고발을 하는 과정에서 불법적인 부분이 일부 있다고 해도 그 피해가 미미하고 그 공익성 목적이 충분하다면 처벌은 받지 않아. 언론의자유의 보호를 받으니까. 안 그러면 고발이라는 게 불가능하지."

대한민국은 자본주의국가다. 그래서 대부분의 땅은 주인이 있다.

없다고 해도 국유지로 들어가 있는 땅이 대부분이다.

그런 곳에서 일일이 다 촬영 허가를 받으면서 촬영한다면 사회적 고발은 불가능해진다.

"그러니 촬영에 대해서는 문제가 되지 않아."

"아아."

"그나저나 그 사람들이 그렇게 심합니까?"

"진상에도 계급이 있다면 성골급이라고 하더군요. 백화점에서 일하는 사람들 중에서 안 당한 사람이 없답니다."

"호오?"

그런 거라면 상당한 시청률이 나올지도 모른다.

노형진은 그 말을 들으면서 왠지 기대에 찬 얼굴이 되었다.

사실 아르바이트를 하는 수많은 젊은 청년들 중 이런 진상들에게 안 당해 본 사람이 얼마나 되겠는가?

그들의 복수가 되는 이야기라면 충분히 이슈가 될 것이다.

"그나저나 제목은 뭐로 정했어요?"

"응?"

"아니, 프로그램을 만들었다면 제목을 정해야 할 거 아니에요?"

"그건 아직……."

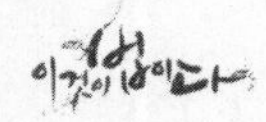

문성준은 머리를 벅벅 긁었다.

"제가 작명 센스가 영 아니라서요."

"흠……."

노형진은 잠깐 생각하다가 미소를 지으면서 말했다.

"진상을 만나다, 어때요?"

"네?"

"어차피 그 녀석들 다 진상 아닙니까? 법적으로 문제가 되는 것인데도 자기들의 힘을 이용해서 지랄을 하는 녀석들이니 진상이지요."

"진상을 만나다라……."

이미지도 그렇고 자신들이 하고자 하는 일도 그렇고, 딱 좋은 이름이었다.

"좋네요, 진상을 만나다."

"후후후. 자, 그럼 진상 한번 만나 보러 갑시다."

"오늘도 오는군요."

"대단하다고 해야 하나?"

촬영 사흘째.

지난 사흘간 모녀는 계속 오고 있었다.

"하긴 1년에 1억 쓰려면 자주 오기는 해야겠다."

물론 그게 나쁜 것은 아니다.

그들이 돈을 어디에서 쓰든 그건 자기들 마음이다. 더군다나 불법적으로 번 것도 아니고 남편이 합법적으로 번 돈이라면 더더욱 말이다.

하지만 그들의 행동은 가관이었다.

—아니, 무슨 코디를 저딴 식으로 해 놔?

—네?

—지금 내가 이 가방 들고 있는 거 안 보여? 저렇게 코디해 놓으면 개나 소나 이 가방을 살 거 아니야? 그러면 내 가방의 가치가 떨어지는데, 그럼 네가 책임질 거야?

—죄송합니다.

—죄송하면 책임져야지! 당장 바꿔!

—하지만…… 저 상품은 이번에 회사에서 행사로 적극적으로 판촉하는 거라…….

—뭐? 장난해? 개나 소나 들고 다니게 되면 내 가방의 가치가 떨어지잖아! 그런데 행사? 지금 행사라고 했어? 내 가방이 산 지 오래된 것도 아니고 1년밖에 안 됐는데, 행사? 지금 제 가격 주고 산 사람 무시하는 거야, 뭐야?

—죄송해요.

—여기 매니저 누구야! 당장 매니저 나오라고 해!

버럭버럭 화를 내는 아줌마를 보면서 손채림은 기가 막힌지 피식피식 웃을 뿐이었다.

"재미있냐?"

"재미있는 게 아니라 어이가 없어서 그래. 뭐 저런 인간이 다 있지?"

회사의 입장에서는 나온 지 1년쯤 된 상품은 재고로 분류된다. 당연히 그걸 처분하기 위해서 행사를 한다.

그건 하루 이틀의 문제가 아니다. 물건을 먼저 산다는 것은 그 물건의 한정됨을 즐기는 것이니까.

그런데 행사를 하지 말라니.

–매니저 나오라고 해! 매니저, 아니 사장 나오라고 해!

바락바락 소리를 지르는 아줌마.

문성준은 재생되던 장면을 멈추고 피식 웃었다.

"어때요?"

"답이 없어 보이는군요."

노형진이 촬영하는 곳을 매일 찾아갈 수는 없으니 문성준이 촬영한 장면을 들고 여기에 온 것이다.

"그나마 덜한 겁니다."

"네?"

"그나마 덜한 부분을 보여 드린 거라고요."

"이게 덜하다고요?"

"네. 제가 봤을 때는 매일 오는 것도 이유가 있어 보이더군요."

"이유?"

"네. 지난 며칠간 촬영한 걸 보고 있자니 의외더군요."

"의외라 하심은?"

"사소한 것 하나도 백화점에서 사더군요."

사실 백화점에서 파는 물건은 상대적으로 가격이 비싸다.

가령 동네 구멍가게에서 파는 음료가 1천 원이면 마트는 900원이고, 편의점과 백화점은 1,300원까지 한다. 그래서 조금 사면 가게에, 대량으로 사면 마트에 가기 마련이다.

그런데 저들은 작은 것 하나까지 백화점에 와서 사면서 진상을 부린다.

"일종의 정신병인 것 같습니다."

"정신병요?"

"네. 저도 좀 알아봤더니 그런 게 있더군요."

진상이라고 불리는 사람들.

그들은 그냥 단순히 성격이 나쁜 게 아니다. 관심을 얻고 싶어서, 그리고 자신의 가학성을 충족하고 싶어서 오는 것이다.

실제로 공무원들의 세계에서 보면 민원은 넣는 사람들만 계속 넣는다.

"자신이 힘이 있다는 것을 체감하고 싶어 하는 거군요."

"네."

실제로 온갖 민원을 넣는 사람이 있었다.

그들은 심지어 합법적인 것에 대해서도 자신이 불편하다는 이유로 민원을 넣었고 동사무소, 아니 주민자치센터에서는 그걸 가지고 동네 주민들을 찾아다니면서 따져야 했다.

가령 휠체어 이동용 턱받이 같은 것도 민원을 넣었고, 남의 가게의 간판 색이 마음에 안 든다고 민원을 넣었다.

그들은 그렇게 민원을 넣으면서 자신들이 힘을 가지고 있다는 쾌감을 즐겼던 것이다.

"포식자라. 켕기는 것이 있나 보군요."

"켕기다니요?"

"확실히 원래부터 부자였던 것처럼은 안 보여서요."

"그게 무슨 말씀이십니까?"

"그런 게 좀 있습니다. 사는 방식의 차이죠."

진짜 부자들은 저러지 않는다.

대부분의 부자들은 자신들이 필요한 경우가 아니면 힘을 쓰지 않는다.

'짖는 개는 무섭지 않는다고 하지.'

사실 사람들은 부자라고 하면 무조건 싸가지없고 성격이 개떡 같다고 생각하는 성향이 있다.

물론 그런 사람들이 없는 건 아니다.

하지만 부자로 분류되는 사람들은 대부분 그 정도는 아니다. 보수적이고 예의를 중요시한다.

그럴 수밖에 없는 게, 일단 돈이 있다는 것은 심리적으로도 안정된다는 뜻이기 때문이다.

또한 사회적으로 봤을 때 그들이 상대하는 대부분의 사람들은 비슷한 부류다. 끼리끼리 뭉친다고 할까?

그러니 서로 쓸데없이 싸우게 되면 단순히 언성을 높이는 게 아니라 변호사를 통한 총력전이 된다. 서로 피곤한 일이기 때문에, 그걸 피하기 위해서 부자들은 예의를 중요시하는 것이다.

"한국에서도 양반이라고 하는 자들은 예의를 중시했습니다. 외국의 귀족들은 기사도니 어쩌니 하면서 예의를 중시했지요. 그건 다 이유가 있는 겁니다."

"그런데요?"

"보통 저런 식으로 돈지랄을 하면서 자신의 힘을 자랑하는 녀석들은 스스로에게 자신이 없는 작자들이지요. 졸부가 되었다든가 하는 식으로 말입니다."

"아!"

갑자기 돈이 많아졌지만 예의는 배우지 못한 것이다.

"전에 술집 사건을 할 때 들었던 말이 있습니다. 진짜 부자들은 그런 곳에 놀러 와도 그다지 거칠게 놀지 않는다고 하더군요. 정작 거칠게 놀면서 거기 여자들을 무시하는 것은 가난한 놈들이 돈 모아서 오는 경우라고요."

"그런가요?"

"네."

부자라고 해서 미워할 것은 아니다.

그러나 제대로 예의도 배우지 못한 녀석들에게는 그만한 예절 교육이 필요하다.

"그래서 예절 교육은 언제쯤 할 것 같습니까?"

"사흘만 더 촬영하고 다다음주쯤에 방영할 겁니다."

"기대되는군요."

⚖

인터넷. 현대의 문명.

그곳에서 이슈가 되는 것은 사회적으로도 이슈가 된다.

현대 문명에서 인터넷은 사회라고 봐도 무방하다.

그리고 그 인터넷에서 사회적으로 이슈가 된 프로그램이 하나 있었다.

'진상을 만나다'.

사회적으로 문제를 일으키는 진상과 점주를 고발 취재하는 다큐멘터리.

그 프로그램은 시작과 동시에 엄청난 이슈를 불러일으켰다.

–지금 어디다 대고 호각을 불어! 엉!

넓은 주차장.

그곳에서 모녀가 한 청년을 괴롭히고 있었다. 그건 괴롭힘이라고밖에 표현할 수 없는 행동이었다.

—역주행을 하시니까 막으려고…….

—역주행은 무슨 역주행이야! 여기가 도로야? 도로냐고!

백화점의 입구와 출구는 다르다. 당연히 그 안에서 나가는 길도 다르다.

그들은 편한 길로 가기 위해서 역주행을 했고, 그걸 본 주차장 관리 직원이 호각을 불러서 멈추게 한 것이다.

정상적인 과정이었고 문제가 없는 행동이었지만, 그 모녀의 행동은 정상정이지 않았다.

—어디 주차 요원밖에 안 하는 자식이!

—당장 무릎 꿇고 빌어!

소리를 버럭버럭 지르는 모녀.

주차 요원은 어쩔 줄 몰라 했다.

백화점 직원으로 보이는 남자가 다급하게 와서 말렸지만 그들은 화를 멈추지 않았다.

—무릎 꿇고 기어서 오면 내가 봐주지.

콧대를 세우고 기고만장하게 외치는 모녀.
그러자 옆에 있던 백화점 직원이 주차 요원을 다그쳤다.

—뭐 해? 당장 빌지 않고!
—죄송합니다.
—죄송하면 다야? 그 호각 때문에 놀란 내 가슴은 어쩔 거냐고! 당장 안 기어? 사장 나오라고 해! 사장!
—우리 엄마 심장이 얼마나 약한데! 그러다가 엄마가 놀라서 죽으면 어쩔 거야! 무릎 꿇고 기어!

마구 진상을 부리는 모녀.

—내가 돈 쓰러 와서 이런 취급을 받아야 해? 아이고, 억울해! 억울하다고!

심지어 자신이 잘못하고도 억울하다고 외치는 아줌마.

—아, 뭐 해! 당장 무릎 꿇고 빌어! 우리가 쓴 돈이 얼만 줄 알아! 700이야! 700! 너 따위가 1년 내내 벌어도 못 쓰는 돈이라고! 그런데 너 따위가 우리한테 호각을 불어?

그러자 마구 주차 요원을 다그치는 직원.

하지만 주차 요원은 억울했다.

방금 자신이 호각을 불지 않았다면 사고가 날 수밖에 없는 상황이었다. 그런데 왜 자신에게 뭐라고 한단 말인가?

—전 잘못한 게 없습니다.

—뭐?

—전 잘못한 게 없다고요. 사고를 막으려고 호각을 분 겁니다. 그러려고 들고 다니는 거 아닌가요?

—뭐야? 이 새끼가 미쳤나?

갑자기 딸로 보이는 여자가 다가와서는 주차 요원의 따귀를 올려 쳤다.

그리고 그 엄마도 갑자기 와서는 주차 요원의 머리채를 잡고 흔들기 시작했다.

—내가 너 따위한테 이런 짓거리를 당해야겠어!

—이게 미쳤나! 어디 알바생 주제에 말대답이야!

—아이고, 당장 빌어! 뭐 해!

하지만 백화점 직원은 그냥 구경만 할 뿐, 말릴 생각도 하지 않았다.

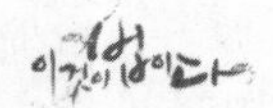

그러자 보다 못한 카메라 팀이 벌떡 일어났다.

–잠시만요! 지금 뭐 하는 짓이죠?
–당신들, 뭐야?
–'진상을 만나다' 촬영 팀입니다. 지금 폭행이 이루어지고 있는데요.
–뭐라고? 이거 촬영 중이야?
–촬영 중입니다. 지금 상황에 대해서 설명해 주시겠습니까?

당황한 여자는 갑자기 카메라로 달려들었다.

–뭐 해! 당장 카메라 뺏어!
–이거 언론사에 나가는 겁니다. 지금 카메라 빼앗으려고요?

계속되는 촬영에 두 여자는 황급하게 얼굴을 가리고 도망갔고, 직원은 어쩔 줄 몰라 했다.

–어디서 나오셨다고요? 잠깐만요. 이건 언론? 아, 잠깐…… 이건…… 어디? 어디?

거기까지 보고 있던 노형진은 동영상을 꺼 버렸다.
"어때요?"
"아주 미친 듯이 퍼지고 있습니다."

문성준은 히죽 웃었다.

그 장면을 보고 뛰어들어 간 사람. 그 사람은 다름 아닌 자신이었다.

"무서울 정도로 퍼져서 통제가 안 될 정도예요."

"애초에 통제할 것도 아니잖습니까?"

"그건 그렇지요, 하하하. 그런데 저쪽 반응은 어떻습니까?"

애초에 이건 유료도 아니고 저작권을 이유로 퍼지는 것을 막는 것도 아니다.

물론 원본의 형태는 지켜야 하지만 퍼 간다고 해서 고발하는 것은 아니었다.

"저쪽에서는 미친 듯이 삭제 요청을 하는 모양입니다만, 그런다고 해서 삭제될 건 아니죠."

일반적으로 인터넷에서 피해를 받았다고 주장하는 사람이 게시물을 삭제해 달라고 하면 보통은 삭제해 준다.

하지만 이 경우는 그렇지 않다.

일단 게시자가 일반인이 아니라 언론사이기 때문에 섣불리 삭제하면 언론의자유 문제가 터지기 때문에 삭제하지 않는다.

더군다나 이게 인터넷에서 이슈가 되자 언론사마다 취재를 하고 공중파에서 추적하는 등 점점 일이 커지고 있어서, 삭제할 수 있는 수준이 넘어섰다.

개인이 올린 하나를 삭제하면 그사이 열 개가 넘는 새로운 글이 올라온다.

"제가 말하는 건 그게 아닙니다. 슬슬 그쪽에서 입질이 올 것 같은데요."

노형진의 말에 문성준이 피식 웃었다.

"안 그래도 찾아왔습니다."

변호사까지 대동해서 그를 찾아왔다고 했다.

"당장 멈추지 않으면 명예훼손으로 고발한다고 하더군요."

"다급하기는 한가 보네요."

"마음대로 해도 된다고 했습니다만, 진짜 그냥 둬도 됩니까?"

문성준은 그게 걱정이었다.

심지어 방송 말미에 이들로 인해서 피해를 입거나 고통을 받은 분들에게 연락을 달라고 연락처까지 공개했다. 필요한 경우 소송까지 진행한다고 말이다.

당연히 저들은 발끈할 수밖에.

"됩니다."

"그래도요? 뭐, 벌금 같은 게 무서운 건 아닙니다만."

문성준은 지금 촬영하고 있는 게 걱정이었다.

"지금 성희롱을 하는 커피숍 사장을 촬영 중이거든요. 그런데 만일 법원에서 뭐라고 하면 계속 방송하기가 참 애매해서……."

"걱정하지 마세요. 그들이 찾아왔다는 것 자체가 애매하다는 겁니다."

"애매?"

"네. 만일 이게 명예훼손이 된다면 고소를 했지, 찾아와서 고소한다고 협박했겠습니까?"

"아! 그렇겠군요."

저렇게 지랄하면서 갑질을 하던 녀석이 자신을 찾아와서 내려 달라고 한다는 것 자체가 이상한 거다.

애초에 이길 자신이 있다면 일단 고소부터 들어갔어야 한다.

"결국 고소를 해도 이길 가능성이 낮으니까 저러는 겁니다. 거기에다가 저 모녀에게 피해를 입은 사람들을 모아서 형사 고발까지 한다고 하니까 다급한 거죠."

"그러면 방송이 막힐 일은 없겠네요."

"없게 만들어야지요."

"네?"

"일단은 지금까지는 문성준 씨가 책임질 일이었다면 지금부터는 제가 책임져야 할 일입니다. 꼬라지를 보아하니 저쪽도 상당히 돈이 있는 집안인 것 같으니 되든 안 되든 고소를 할 겁니다. 그리고 그걸 막는 것이 제가 할 일이지요."

저들은 로비를 해서라도 방송을 막으려고 했다. 그리고 노형진은 그런 시도 자체를 막을 생각이었다.

"만일 이번에 지면 다시는 이런 프로는 태어나지 못합니다. 그러면 사회 고발 자체가 불가능하게 되겠지요."

안 그래도 대한민국은 고발에 관련된 시스템이 제대로 되어 있지 않다. 그런 상황에서 이 프로그램은 아주 중요했다.

"이 일은 제가 할 일입니다."

"부탁드립니다."

"걱정 마세요. 질 생각은 없으니까."

노형진은 미소를 지으면서 말했다.

⚖

얼마 뒤 그들은 문성준과 인터넷 방송국을 명예훼손으로 고발했다.

경찰은 신속하게 사건을 처리해서 검찰로 넘겼고, 검찰은 그걸 정식으로 입건했다.

그리고 정식으로 재판으로 넘어가자 노형진은 그 재판을 준비하기 시작했다.

"그냥 경찰 선에서 막았어야 하는 거 아니야?"

"응?"

"경찰에 넘어갔을 때 찾아가서 이건 건수가 안 된다고 못을 박아야 했던 거 아닌가 해서."

손채림은 사건을 정리하다가 물었다.

경찰에서 수사를 하는 동안에 그냥 보고만 있다가 법원으로 움직이기 시작한 게 이상했던 것이다.

"아, 그거? 어차피 경찰은 판단 능력이 없으니까."

"응?"

"기소 의견으로 송치하는 건 경찰이지만, 기소를 결정하는 건 검찰이거든."

"그런데?"

"저쪽에서 경찰에 뇌물을 줬을 가능성이 높아. 그런데 왜 거기서 힘들게 싸워?"

"그렇기는 한데……."

보통 수사를 하기 위해서는 일정 시간이 필요하다. 그런데 경찰에서는 무서울 정도로 빨리 검찰로 송치했다.

기존의 속도를 생각하면 있을 수 없는 일이다.

"그리고 여러 번 일하기 싫으니까."

"응?"

"경찰에서 선을 그어 두면 분명히 이 촬영이 계속되는 동안에는 계속 명예훼손으로 고소가 진행될 거야."

"그렇지."

"하지만 법원에서 판례가 내려진다면 이야기가 달라지지."

"아아."

촬영된 작자는 분명히 변호사를 찾아가서 고발을 하려고 할 테고, 그때마다 변호사들은 판례를 들이밀면서 못 이긴다고 할 것이다.

"경찰 선에서 끊어 버리면 그게 변호사들에게 퍼질 일이 없으니까."

"그렇구나."

"그리고 이 사건은 최대한 길게 끌어야 유리해."

"길게?"

"그래. 3심까지 간다고 하면 한 3년은 잡을 수 있지. 그러면 다른 재판을 할 때마다 3심까지 갈 수 있어. 그 3년 동안은 충분히 방송할 수 있지."

3년 동안 방송한다고 하면 어떻게 될까? 아마도 엄청난 반향을 일으킬 것이다.

"3년은 세상이 조금이나 바뀌고도 남을 시간이야."

3년 동안 진상들이나 인간이 안 된 녀석들을 추적해서 방송을 한다면, 그들은 혹시나 언론에 자신이 나갈까 봐 두려워서 몸을 조심할 것이다.

그러면 아르바이트를 한다고 무시받거나 성희롱당하는 수많은 사람들이 일하기가 훨씬 편해질 것이다.

"만일 저런 방송이 있고 촬영 중인 걸 알면서도 저럴 정도면 제대로 막장인 인간이니 지켜 줄 이유도 없고."

"그래서 1심 재판 때까지 기다린 거구나?"

"그래. 그리고 그래야 저 사람들한테 당한 사람들이 모이지. 그들의 증언도 1심에서 쓸 수 있는 증거거든."

"아!"

방송의 끝에 소송을 진행할 피해자들에게 연락을 달라고 했으니 분명히 그 피해자들이 모일 것이다.

그들의 증언 역시 증거.

증거가 있으면 훨씬 편하게 재판을 이끌어 갈 수 있다.
"저쪽에서는 침이 바짝바짝 마르겠네."
"그것도 자기들 잘못이지, 뭐. 후후후."
결국 자기들의 함정에 빠진 그들이다.
"그나저나 그 진상들을 직접 보는 건 또 처음이네."
"말 그대로 진상을 만나겠군."
"그들이 뭐라고 할지 참 기대된다."

진상, 그 이상의 진상

“피고인 측 변호인으로 나가는 건 오랜만이네.”

노형진은 피식거리면서 재판정으로 나갔다.

사방에 가득한 기자들. 그들은 카메라를 점검하면서 촬영을 준비하고 있었다.

“무슨 기자들이 이렇게 많습니까?”

문성준은 어리둥절한 표정으로 주변을 둘러봤다.

그는 구속되지는 않았기 때문에 깔끔한 정장을 입고 이곳까지 왔다.

“언론사를 하는 분이 언론인을 무서워하면 안 되죠.”

“그건 아닌데, 기자들이 너무 많으니까…….”

“제가 부른 겁니다.”

"네?"

"일종의 심리적 전술을 위해서요. 뭐, 사회적으로 관심이 있는 사건이기도 하고 말이지요."

대한민국은 철저하게 가해자 우선주의를 주장한다. 아무리 강력한 범죄를 저지른 인간이라고 해도 절대 얼굴을 공개하지 않는다.

물론 판결이 나기 전에 공개하는 것은 불법이다.

그러나 명백하게 판결이 나거나 현행범인 경우 얼굴을 공개하는 것이 불법이 아님에도 불구하고 정부에서는 필사적으로 가해자의 신상과 얼굴을 가리는 버릇이 있었다.

"일종의 암묵적인 묵계죠. 가해자의 얼굴을 가려야 한다는."

"그런데요?"

"그걸 문성준 씨가 깬 겁니다."

그 반향은 생각보다 컸다.

그걸 이유로 몇몇 언론인들이 왜 가해자의 얼굴을 무조건 가려야 하느냐 따지기 시작한 것.

그동안은 경찰이 그렇게 요구했지만 사실 그건 말도 안 되는 조치다.

"지금까지 언론의자유를 주장하고 있었지만 정작 가해자에 대해서는 그걸 인정하지 않았던 거죠. 하지만 이번에 문성준 씨가 그걸 깼으니……."

"다른 기자들도 깨고 싶어 하겠군요."

"그렇지요."

얼굴이 가려진 가해자 사진과 얼굴이 가려지지 않은 가해자 사진은 사람들의 집중도가 다를 수밖에 없다.

"그리고 오늘 판결에 따라서 그게 갈릴 가능성이 높으니까요. 저들에게 그렇게 설득한 겁니다. 나와서 취재해 달라고."

"헐."

언론의자유를 핑계로 그들을 설득했고, 노형진의 말에 대부분의 기자들이 납득하면서 현장으로 나왔다. 그리고 촬영을 하기 위해서 전면으로 나서야 했다.

"이렇게 하면 아무래도 재판부도 상당히 압박을 받을 수밖에 없지요."

"그렇겠네요."

대한민국 검찰이든 경찰이든 법원이든, 그들은 언론에 드러난 사건에 대해서는 상당히 압박을 많이 받는다.

거기에다가 이런 식으로 취재진이 몰려온 경우 대부분 무리한 행동을 하지 않게 된다.

"상대방이 연봉이 한 3억쯤 된다고 하니 아마 브로커를 통해서 어떤 식으로든 변론 방해나 뇌물 수수를 하려고 했을 겁니다. 성공했을 수도 있고요."

"하지만 이렇게 기자들이 많으면 선불리 움직이지 못하겠군요."

"네."

뇌물을 주고받는 일이 워낙 흔하다 보니 기자 중 한 명이라도 의심을 할 수도 있다. 만일 그가 파고든다면 판사로서 커리어는 끝이다.

그러니 판사의 입장에서도 말도 안 되는 판결을 할 수는 없는 노릇.

“인간은 다 똑같습니다. 기자들의 입장에서는 자신들의 언론의자유가 침해당하는 것을 그냥 두고 보지는 않을 겁니다.”

좋게 말해서 언론의자유지, 사실 내면을 보자면 결국 기자들의 밥그릇이나 마찬가지다.

일종의 묵계로 범죄자들을 감춰 줘야 하는 현실에 대해서 국민들도 대부분 불만을 가지고 있는데 그 당사자인 기자들이 불만을 가지지 않을 리 없다.

‘하지만 그 암묵적인 룰이 깨졌단 말이지.’

문성준이 기존의 언론인이라면 아마 그러지 못했을 것이다.

그러나 그는 기존 언론인이 아니고 당연히 정부와 선이 없다. 그러니 정부의 범죄자 보호 정책에 하등 관심이 있을 리 없다.

‘언론인들은 문성준을 방패 삼아서 그걸 깨려고 하겠지.’

그들의 목적은 이미 예상하고 있다.

그렇지만 노형진이 그냥 이용만 당할 생각은 눈꼽만치도 없었다.

툭 치면서 기자들이 몰려 있는 곳으로 눈짓하는 노형진.

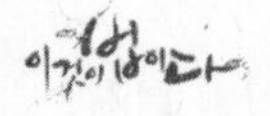

“가서 한 말씀 하시지요?”

“네?”

“가서 한마디 하시라고요. 기다리고 있지 않습니까?”

“저기에요?”

거기에 몰려 있는 기자들의 숫자는 어마어마했다.

한두 명이 아니다. 족히 백 명은 몰려 있다.

이 정도면 거의 유명 연예인이나 정치인이 치명적인 추문에 휩싸였을 때 모이는 숫자다.

그만큼 그들은 자신의 밥그릇에 관심이 많았던 것이다.

“그러시라고 모은 겁니다.”

“그러라고 모은 거라니요?”

“정치를 하고 싶으시다면서요? 정치를 할 때 가장 필요한 게 뭐 같습니까?”

“아!”

바로 얼굴을 알리는 것이다.

한국은 정책 정치가 아니라 이미지 정치를 위주로 한다.

즉, 아무리 참신한 정책, 바른 정책을 들고 나와도 결국 표가 쏠리는 것은 이미지를 잘 잡고 평소에 얼굴을 잘 알린 사람이다. 그게 대한민국 정치의 약점이다.

‘그리고 써먹기 좋은 약점이기도 하지.’

그게 고쳐지면 좋겠지만 지금 있는 걸 또 안 써먹는 것 역시 바보 같은 짓이다.

깨끗하게만 하다가 망하면 누가 편들어 주겠는가?

역사는 승자가 쓰는 법.

“이참에 얼굴을 알리고 기자들과 친목을 도모해 두세요. 그러면 정치할 때 한결 쉬워질 겁니다. 언론이 등 뒤에 있다는 것과 없다는 것의 차이는 크니까요.”

“헐…….”

문성준은 살짝 소름이 돋았다.

‘설마 그런 것까지 준비하고 있었단 말이야?’

자신은 그냥 잘못된 것을 고치고 싶었을 뿐이다. 정치를 하고 싶기는 하지만 아직은 먼 미래라 생각했다.

그런데 노형진은 이미 준비하고 홍보를 위해서 미리 모든 설계를 마치다니.

“이쪽에서 언론인들을 잘 포섭하면 외부적으로 문성준 씨가 현 언론의 이미지적 대표로 등장할 겁니다. 그러면 정치를 하기 훨씬 편해질 거구요. 물론 그 부분에 대해서는 제가 해 드릴 수 있는 게 없습니다. 본인이 하셔야지요.”

“그렇겠지요.”

침을 꿀꺽 삼키는 문성준.

하지만 노형진의 말대로 일생일대의 기회다.

지금 대한민국의 언론은 대부분 자신을 편들어 줄 것이다, 가해자 보호라는 암묵적인 룰을 깰 수 있는 기회라는 것을 알 테니.

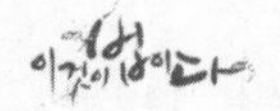

'그걸 나에 대한 지지로 바꿔라 이거지.'

당연히 기사가 나갈 테니 자신도 알려질 테고, 그러면 자신의 꿈에 한발 더 나아간다.

"할 수 있으시죠?"

"네."

문성준은 마음을 강하게 먹었다.

누구도 쉽게 만들어 줄 수 없는 기회다. 그걸 놓치면 평생 후회하리라.

"그러면 다녀오겠습니다."

그가 기자들 앞으로 나가자 카메라 플래시가 터지기 시작했고 노형진은 목을 까딱거리면서 가방을 열었다.

"자, 그러면 이번에는 내 일을 한번 해 볼까나?"

⚖

판사는 방청석에 가득한 기자들을 보고 기가 질렸다.

'별거 아닌 사건이라더니 이거 뭐야?'

이번 사건에서 검찰 측은 별거 아닌 사건이니 뒤집어 달라고 했다. 그래서 그러겠노라 이야기했다.

그는 인터넷으로 방송을 보는 타입의 사람이 아니었기 때문에 '진상을 만나다'라는 프로그램에 대해서 잘 알지 못했던 것이다.

하지만 방청석뿐만 아니라 복도에서까지 기다리는 기자들을 보면서 이건 보통 일이 아니라는 것을 직감적으로 느끼고 있었다.

"개정하겠습니다."

사실 당황한 것은 판사만이 아니었다.

'뭐야, 씨발?'

피해자 측 변호인에게 청탁을 받아서 적당히 하려고 했는데 이건 적당히 할 수 있는 수준이 아니지 않은가?

검사가 당황하는 사이 판사는 그런 검사를 다그쳤다.

"검사! 진행하세요!"

"네? 아, 네, 네."

검사는 일단 공소장을 읽기 시작했다.

"피고인 문성준과 인터넷 방송인 진상을 만나다 팀은 ○○월 ○○일 피해자들의 사생활을 촬영하여 무단으로 방송하였으며 그로 인하여……."

간략한 공소가 제기되었다.

주요 내용은 피해자의 인적 사항을 무단으로 방송함으로써 피해자에게 인격적 피해를 줬다는 것이다.

"재판장님, 이 부분에 대해서는 확실하게 짚고 넘어가야 할 것 같습니다."

"어떤 부분이지요?"

"이 사건에서 고발을 한 고발인들은 피해자가 아닙니다.

자칭 피해자이지. 그들은 피해자를 현장에서 모욕하고 구타를 하는 명백한 범죄행위를 저질렀습니다. 피해자라는 호칭은 맞지 않다고 생각합니다."

"재판장님, 그들은 피고인 측의 범죄행위로 인해서 명백하게 피해를 입었습니다."

"그렇게 볼 수 없지요. 무죄 추정의 원칙에 따르면 죄가 확정되기 전에는 피고인 측은 무죄입니다. 이쪽이 무죄인데 정작 사람을 구타한 현행범이 피해자라는 것은 말도 안 됩니다. 호칭의 정리가 필요하다고 생각합니다. 그들에게 맞고 모욕받은 진짜 피해자들과 헷갈릴 수 있습니다."

"흠……."

판사는 노형진의 말에 고민에 빠졌다.

맞는 말이다.

그들이 저지른 일은 명백하게 현행법상 범죄에 해당한다. 그러니 그들을 피해자라고 주장하는 것은 논점 이탈이 될 수 있다.

'그런 식으로 피해자라고 몰아갈 거라는 거, 내가 예상하지 못했을 줄 알아?'

그가 와서 내 이름을 부르자 의미가 되었다는 시가 있다.

단어의 힘은 대단해서, 가해자도 계속 피해자라고 부르면 어느 틈엔가 그들이 피해자처럼 느껴지게 된다.

"그들은 가해자이지, 피해자가 아닙니다."

"하지만 이 사건은 그들에 대한 재판이 아니라 문성준과 그 팀에 대한 것입니다. 그들에 대해서 이야기하다 보면 상대적 입장에서는 피해자가 맞습니다."

"만일 상대방이 무고로 고발한 거라면, 그럼 무고한 사람이 피해자가 되는 건가요?"

"음……."

판사도 수긍했다.

명백히 범죄자를 피해자라고 부르는 것은 말도 안 된다.

하지만 피해가 아주 없다고 볼 수도 없다. 다만 재판 결과에 따라서 그 피해가 사회적으로 감수할 만한 것이냐 아니면 부적절한 피해냐 판단되는 것이다.

결국 피해가 없다고도 할 수 없으니 피해자라고 할 수도 있다.

'애매하군.'

판사가 고민하는 듯하자 노형진은 그에게 슬쩍 떡밥을 던졌다.

"제가 봐서는 고소인이라고 표현하면 될 듯합니다. 그들이 고소한 것은 사실이니까요."

"그렇게 좋을 듯합니다. 검찰 측, 지금부터 고소인이라고 표현해 주시기 바랍니다."

"네."

검사는 그렇게 말하면서 짜증스러운 얼굴로 노형진을 노

려보았다.

'단어 하나에 그렇게 태클을 걸 거라고는 생각하지 못한 모양이지?'

물론 누군가 본다면 쓸데없는 꼬투리 잡기라고 할 수도 있다.

하지만 피해자라는 단어는 재판에 영향을 줄 수밖에 없는 단어다. 자꾸 피해자라고 부르면 결국 주객이 전도되는 것이다.

이를 박박 갈던 검사는 다시 공격에 집중했다.

어찌 되었건 부탁은 받은 상황이고 실패하면 여러모로 곤란하니까.

"피고소인은 명백하게 악의를 가지고 고소인을 감시 추적하여 고소인의 행적을 언론에 노출시키고 얼굴과 개인 정보를 공개하였습니다. 그 과정에서 고소인의 명예가 돌이킬 수 없을 정도로 훼손되었습니다. 고소인은 현재 주변으로부터 단절되는 고통을 겪고 있습니다. 이는 명백하게 고소인들에게 고통을 주려고 악의적인 고발을 한 일부 사람들의 범죄행위로 인해서 발생한 일입니다. 피고소인 측은 그러한 고통은 아랑곳하지 않고 자신들의 이름을 알리기 위해서 피해자를 무단으로 촬영하여 그중 일부 장면만을 악의적으로 조작하여 유포하였습니다. 이건 악의적인 피고소인들의 함정에 빠진 것입니다."

검사의 주장. 그리고 그 주장을 듣고 있던 노형진은 대놓고 머리를 흔들었다.

터무니없다는 얼굴이었다.

"검찰 측의 공식 의견입니까?"

"뭐라고요?"

"그게 검찰 측의 공식 의견이냐고 물었습니다."

검사는 무슨 의미인가 하는 표정이 되었다.

변론 중이다. 그런데 공식 의견이냐니?

"그렇습니다."

검사는 당연히 그렇다고 생각했다.

대한민국의 검사동일체의원칙에 따라서 말이다.

검사동일체의원칙이란 어떤 검사가 기소를 하든 그 검사의 의견이 검찰의 의견이라는 뜻이다.

원래 이 법은 기소의 정확성을 위해서 존재하는 법이다. 만일 검사마다 다른 기소 기준을 가지면 제대로 굴러가지 않으니까.

하지만 그게 그의 실수였다.

"전 그런 말을 많이 들어 봤지요."

"많이 들어 봤다고?"

"네. 보통 강간범들이 주장하는 논리입니다."

"뭐라고! 지금 그걸 말이라고……!"

"말이 아니라 현실입니다. 강간범들 특유의 버릇이 있지요. 자기 잘못은 생각하지 않고 남에게 죄를 뒤집어씌우는 거요. 내가 잘못해서 잡혀가는 게 아니라 신고를 한 여자가 나쁜 거라는 식의 논리인데, 지금 검찰 측 논리가 그런 거 아닙니까?"

기자들이 끄덕거리기 시작했다.

검사는 그걸 보고 당황했다.

'어어, 이게 아닌데?'

졸지에 강간범과 동일한 방어 논리를 써 버린 취급을 당하니 그로서는 어이가 없을 수밖에.

'쯧쯧, 실력이 좋은 편은 못 되는군.'

사실 강간범뿐만 아니라 대부분의 범죄자들은 비슷한 변론 성향을 가진다.

그럼에도 불구하고 노형진이 강간범을 언급한 것은 최악의 이미지를 가진 범죄자가 바로 강간범이기 때문이다. 그리고 그걸 뒤집어씌움으로써 그의 정당성을 훼손시킨 것이다.

'이 재판은 언론이 70%다.'

물론 일반적인 재판이라면 그런 식의 변론은 하지 않았을 것이다.

그러나 이미 이 재판은 언론에 의해서 일종의 인민재판처럼 이루어지고 있는 상황이다. 그렇다면 자신이 공략해야 하는 사람들은 검사가 아니라 기자들과 국민들이다.

"고소인들은 지난 몇 달간 수많은 피해자들을 찾아가서 모욕을 하고 구타를 했을 뿐 아니라 백화점에 있는 매장에서 업무방해를 했습니다. 오로지 고객이라는 이유 하나만으로 말입니다. 그런데 그러한 부분은 인정하지 않고 그 범죄 사실을 공개한 것에 대해서만 앙심을 품는다면, 그게 자기 잘못은 인정하지 않고 여자가 꼬셨다고 하는 강간범들과 뭐가 다릅니까? 더군다나 그게 검찰의 공식 의견이라고요? 이 부분에 대해서는 법의 정의를 떠나서 정식으로 검찰에 항의하고 답변을 요구하겠습니다."

검사는 사색이 되었다.

자신이 분명히 자기 입으로 공식 입장이라고 말을 했다.

물론 이걸 가지고 검찰이 징계하지는 않을 것이다. 검찰이라고 해서 이게 말장난인 것을 모를 리 없다.

그러나 언론에서 물고 늘어질 것은 당연하다.

그리고 대부분의 국민들은 이게 말장난이라는 것을 모른다.

설사 안다고 해도 관심없다. 왜냐?

언론이 이미 검찰이 나쁜 놈이라고 못을 박았다. 그리고 인민재판의 대상에는 검찰이 포함되도록 노형진이 수를 써 놨으니까.

"검찰 측의 말대로라면 피고소인인 문성준 씨가 함정을 판 것이 됩니다. 하지만 재판장님, 문성준 씨는 함정을 판 적이 없습니다. 문성준 씨는 언론인으로서 제보를 받아서 취재한 것뿐입니다. 만일 검찰의 주장대로라면 어떤 제보든 제보를 받아서 취재에 들어가는 순간 기자는 필연적으로 명예훼손과 모욕을 저지르는 셈이 됩니다."

노형진의 변론에 입이 턱 막혀 버린 검사.

"거기에다가 기본적으로 제보라는 것은 기자뿐만 아니라 경찰이나 검찰 등에 신고하는 것 역시 포함됩니다. 그런데 그게 명예훼손의 이유가 될까요? 죄가 없다면 무고죄가 되겠지만, 죄가 있다면 성립되지 않습니다. 그리고 고소인들의 범죄 사실은 명확하게 언론을 통해서 공개되었습니다. 아닌가요?"

"그 과정에서 명백하게 스토킹 행위가 이루어지지 않았습니까!"

"취재 과정에서 자연스러운 현상입니다. 취재라는 건 결국 발로 뛰는 거지, 그냥 주는 대로 읽어 주는 게 아닙니다. 안 그렇습니까?"

입을 다무는 검사.

그의 얼굴에는 곤혹스러움이 가득했다.

'그렇겠지.'

사실 이건 누가 봐도 무리하게 진행되고 있는 고발이다.

검사가 청탁받아서 고발을 진행했다는 것쯤은 노형진도 다 알고 있다. 그러니 무리한 말을 할 수밖에.

"취재 자체가 불가능하게 한다면 누가 진실을 말할 수 있겠습니까? 아니면 검사 측에서는 이번 사건을 덮어야 하는 다른 이유라도 있는 겁니까?"

"뭐라고요?"

기가 막혀서 말이 안 나오는 검사.

물론 받기는 받았다. 하지만 그건 어디까지나 비밀이다.

"지금 나를 모욕하는 겁니까!"

"전 다른 이유가 있느냐고 물은 것뿐입니다. 이건 명백하게 언론의자유를 침해하는 사건입니다. 그런데도 불구하고 검찰 측이 무리하게 기소했습니다. 이해할 수가 없는 행동이군요."

"받은 적 없습니다!"

"그래요? 그러다면 뭐, 그렇겠지요."

히죽 웃으면서 말하는 노형진.

'내 알 바 아니지.'

뇌물을 받았는지 안 받았는지, 그건 중요한 게 아니다. 어차피 자신과 상관은 없다.

'기자들의 시선은 과연 어디로 향할까.'

중요한 것은 언급이다.

자신은 언급했고, 기자들은 그걸 들었다. 그리고 의심은 싹텄다.

'자, 어떻게 나올 겁니까?'

분노로 파들파들 떠는 검사를 보면서 노형진은 씩 웃었다.

검사는 그걸 보면서 분노하면서도 한편으로는 두려움이 몰려왔다.

'씨발…… 선배들이 그냥 돈 돌려주라고 한 이유가 있었어.'

땡잡았다고 실실 웃었다. 그런데 상대방 변호사가 누군지 안 선배들은 그냥 돌려주고 깔끔하게 지라고 했다.

물론 그는 돈 욕심에 그러지 못했지만.

'젠장…….'

차라리 돌려줬다면 제대로 붙어 봤을 것이다. 그러나 그때는 질 수밖에 없다.

그러니 어떻게 해서든 이기려고 노력은 해야 한다.

그렇다고 이제 와서 물러날 수는 없는 노릇.

"재판장님, 피고인 측의 언론의자유에 대해서는 저는 의심할 수밖에 없습니다. 그럴 수밖에 없는 게, 현재 언론사로 등재하기는 했지만 나온 프로그램은 하나뿐이고 관련된 다른 뉴스 단체도 없지 않습니까? 피고소인들은 악의적인 모욕을 위해서 고의로 언론사를 만들어 피해자, 아니 고소인들을 추적한 게 틀림없습니다."

이제는 그 진정성에 대해서 말하는 검사.

그런데 노형진의 말은 의외였다.

"부정은 하지 않겠습니다."

"네?"

"뭐라고요?"

검찰도, 판사도, 기자들도 눈이 커졌다.

부정을 하지 않는다는 것은 악의를 가지고 만들어졌다는 뜻이 아닌가?

"피고소인은 악의를 가지고 만들어진 언론사를 가지고 있습니다. 그러나 그 악의의 대상은 일반 시민이나 선량한 국민들이 아닙니다. 범죄자들, 그리고 돈이 있다는 이유로 사람들을 무시하고 괴롭히는 자들, 소위 갑이라는 작자들, 그들에 대한 분노입니다. 언론이 뭡니까? 정의를 이야기해야 하는 사람들 아닌가요? 언론인이 사악한 행동에 분노하고 악의를 품는 것이 언제부터 위법이었나요?"

그 말을 하면서 노형진은 기자들을 바라보았다.

기자들은 그런 노형진을 보면서 왠지 벅찬 얼굴을 했다.

"그런데 지금 상황은 참으로 통탄스럽습니다."

"통탄?"

"선량한 사람들을 위해서 악인을 사회적으로 고발했다는 이유로 지금 우리는 재판을 받고 있습니다. 그들이 괴롭혔던 수많은 아르바이트생들과 수많은 희생자들은 불러오지도 않은 채로, 범죄를 고발했다는 이유로 말입니다. 언제부터 우리나라가 사회적 문제를 고발하면 잡혀가는 세상이 되었나요? 검찰이 그들을 대표해서 언론인을 탄압하는 것에 대해서 부끄럽지도 않습니까?"

"맞아."

"부끄러운 줄 알아야지."

기자들이 하는 말을 들으면서 노형진은 씩 웃었다.

'자, 이제 어쩔 건가.'

검사의 얼굴에는 당혹감이 몰려오고 있었다.

⚖

"상황이 웃기게 되어 가네."

"웃긴 게 아니거든. 내가 노린 거야."

"일거리는 기자들에게 던져 주고 넌 쏙 빠지겠다?"

"쏙 빠진 건 아니지. 일단 재판은 출석할 거니까."

"그게 그거지, 뭐."

기자들은 노형진의 말에 적극 호응했다. 그리고 자신들의 방식으로 노형진을 지원하기 시작했다.

그리고 그 방식은 상대방이 가장 무서워하는 형식을 띠었다.

"기자 대 검찰이라. 상황 참 볼만하네."

"검찰도 이렇게 될 거라고는 생각 못 했을걸."

아마 검사도 이 사건을 담당했을 때는 이런 식으로 이야기가 흘러갈 거라 생각하지 못했을 것이다.

그러나 노형진은 자신들 앞에 언론이라는 방패를 세웠다. 검찰의 권력도 강하지만, 언론의 권력도 만만치 않은 게 사실이다.

"저쪽에서 아무리 로비했다고 해도 검찰이 그들 때문에 언론과 척지려고 하지는 않을 거야."

"뭐, 우리는 가만있어도 다 모여드네."

검찰과 언론의 대립 구조를 만들자 언론인들은 자신들의 방식으로 움직였다.

고발인, 즉 가해자들의 범죄 사실을 캐고 다니기 시작한 것이다.

단순히 갑질로 시작된 일이 그들의 범죄 사실을 모조리 까발려 버리는 일이 되었다.

“우리는 그 증거를 받아서 제출만 하면 된단 말이지.”

“치사하다.”

결과적으로 노형진은 그냥 앉아서 놀고먹어도 일은 기자들이 다 해 주는 형태가 되었다.

“치사한 게 아니라 머리가 똑똑한 거지. 내가 움직이는 스타일이라고 해서 매번 움직이지는 않는다고. 그리고 그래야 여러모로 편하고.”

“여러모로?”

“칭기즈칸의 전술 알아?”

“칭기즈칸?”

“그래. 칭기즈칸은 자신에게 저항하는 적들은 말 그대로 씨를 말려 버렸어. 경고였지. 저항하면 죽인다.”

“아!”

“지금도 마찬가지야.”

갑질을 하는 놈들이 무조건 부자는 아니지만 대부분의 경우 부자인 경우가 많다.

그들은 진상을 만나다에 출연하게 된다면 고소나 고발을 통해서 저항하려고 할 것이다.

"하지만 이런 식으로 기자들을 묶어 두면 자연스럽게 그들을 재기 불능으로 만드는 거지."

"헐, 너 재기 불능으로 만들 생각까지는 없다고 했잖아?"

"일반적으로는 말이지."

"응?"

"하지만 일반적이지 않은 경우가 많거든."

보통 사람들이라면 이런 경우 그냥 죄송했다고, 자신의 잘못을 반성하고 다시는 안 그러겠다고 하는 경우가 대부분일 것이다.

"하지만 극단적인 놈들은 절대 반성 안 해. 반성이라는 게 없어. 지금 그 모녀를 봐 봐. 그들이 반성하고 있어?"

"하긴, 이해가 가기는 한다."

그들은 상황이 이렇게 되었음에도 불구하고 자신들은 잘못한 것이 없다고 주장하고 있다.

피해자들이 맞을 짓을 해서 때린 것뿐이며, 어차피 그런 뒤처리 하려고 거기서 일하는 거 아니냐는 식으로 대꾸하고 있었다.

"애초에 이 프로그램으로 한 해에 잡을 수 있는 진상은 쉰두 명이 한계야. 그것도 이게 매주 나간다는 가정하에 말이지. 우리나라에 주제도 모르고 갑질 하는 녀석들이 몇 명일까? 천만? 10만? 웃기지만, 우리나라는 있잖아, 갑질을 하기 위해서 사는 놈도 있어. 부자들만 갑질을 한다고 생각해? 아니야."

"하긴. 나도 그런 이야기 들은 적이 있어."

부자들은 자신이 갑이라고 생각해서 갑질을 한다. 그건 명백하게 잘못이다.

그런데 사실 그렇게 부자라서 갑질하는 진상들보다, 인성이 개판이라서 갑질을 하는 놈들이 더 많다는 것이 문제다.

"내가 아는 사람이 백화점에서 일하는데 진짜 진상 짓 하는 놈이 있다고 하더라. 그런데 알고 보니까 부자도 아니고 그냥 직장인이라고 하던데."

"그러니까. 그런 걸 고치기 위해서는 공포가 필요해."

"음……."

그런 사람들의 특징은 자신의 스트레스를 풀기 위해서 하는 짓이라는 것이다.

자기도 옷 가게를 하는 서민이면서 정작 자신의 스트레스를 풀기 위해서 분식집이나 떡볶이집에서 마구 짜증을 내고 화를 내면서 갑질을 한다.

"그들에게 재기 불능이라는 이미지를 보여 주면 그들은 못하게 되지. 부자들과는 다르니까."

"설마 그거 가지고도 또 지랄하면 어쩌지?"

"그러면 답이 없는 거지."

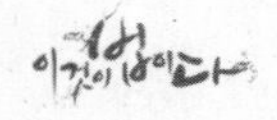

그때는 진짜 재기 불능으로 만드는 수밖에 없다.

"뭐, 그것도 나쁘지는 않지요."

때마침 사무실로 들어오던 문성준이 히죽 웃으면서 말했다.

"늦으셨네요?"

"재미있는 이야기가 있어서요."

"재미있는 이야기?"

"시중의 진상들 숫자가 갑자기 줄었답니다."

"에?"

고작 1회 나갔을 뿐이다. 그런데 진상들 숫자가 줄어들다니?

"노 변호사님의 전략이 먹힌 듯하네요."

"전략요?"

"언론을 이용한 거 말이지."

"언론을? 아아아."

사실 '진상을 만나다'라는 프로그램은 인터넷의 프로그램이다. 그러니 자신들이 찾아서 보기 전에는 찾아볼 수가 없는 프로그램이고, 그 반향이 영향을 내기에는 시간이 좀 걸린다.

"하지만 언론에 나가면 이야기가 달라지지."

"안 그래도 제작 후원하겠다는 곳이 넘쳐 납니다, 하하하."

몇몇 사람들은 크라우드 펀딩을 통해서 제작비를 후원하고 싶다는 의사를 밝히기도 했다.

대부분 진상들에게 질려 버린 소상공인이나 아르바이트생

이었다.

“언론에 뉴스가 나가면 그건 찾아보는 게 아니라 눈에 들어오는 거니까.”

“다들 조심한다 이거지?”

“그래.”

언론에 나가서 자신들이 찍혀 버리면 인생이 피곤해질 수밖에 없다. 그러니 진상들이 사라진 것이다.

“대부분의 진상들은 한곳을 찍어 놓고 다니는 성향이 있거든.”

그래야 자신들을 무서워한다고 생각하기 때문이다.

“그런데 이제는 그런 짓을 하다가 방송에 나갈 수 있으니까.”

“대략 80%는 사라졌다고 하더군요.”

“아마 이 상태로 계속 간다면 진상 중에서도 최악만 남을 겁니다.”

문성준도 고개를 끄덕거렸다.

“제보도 넘치고, 뭐 애초에 목적이 그것이니까요.”

문성준의 목적은 이런 진상들을 막아 내는 것이었다. 기존의 협회니 노조니 하는 그런 소극적인 방식이 아닌, 적극적인 방식으로 말이다.

“누가 그러더군요, 역사상 가장 깨끗한 홈페이지라고.”

“네?”

문성준은 싱글거리면서 말했다.

“거기에 한마디 써 놨거든요.”

"뭐라고요?"

"차기 프로는 악플러를 만나다라고."

"큭."

보통 이런 방송이 있으면 프로 불편러라고 불리는 놈들이 등장하기 마련이다. 바로 악플러들.

그들은 자신들이 진상을 부릴 수 있는 공간이 사라지는 것에 대해서 분노하면서 이 프로를 공격할 수밖에 없다.

"하지만 그걸 추적해서 방송을 때려 버리면……."

"재미있겠는데요?"

어려운 건 아니다.

경찰에 고소하고, 경찰의 협조를 얻어서 그들을 추적하면 된다.

"악플러와 진상들의 만남이라."

노형진은 씩 웃었다.

하나를 알려 주면 열을 안다고, 자신의 방식을 이용해서 벌써 다른 문제를 해결하려 하는 걸 보니 그가 정치에 대해서 꿈을 가지는 게 나쁜 건 아닌 듯했다.

최소한 반대를 위한 반대가 아니라 해결책을 제시하려고 노력을 할 테니까.

"그러기 위해서는 확실하게 필요한 게 있습니다."

"이번 사건 말이군요."

"네."

노형진은 고개를 끄덕거렸다.

저쪽은 아직까지 반성하지 않고 있다. 기자들을 불러서 기자회견을 한답시고 한 말이, 어차피 자신들이 돈을 쓰니 그 정도 권한은 있는 거 아니냐는 소리였다.

"도대체 무슨 생각인지 이해가 안 가네요. 아니, 어떻게 해야 그런 생각을 할 수 있는지……."

돈이 있으니까 남을 까 봐도 된다는 그런 생각은 문성준의 입장에서는 이해가 안 되는 일이었다.

"그래서 가정교육이 중요한 겁니다."

문성준은 부자이기는 하지만 서민적 가치로 뭉쳐 있다. 그의 아버지가 서민적 가치로 교육했으니까.

"하지만 저들은 그게 아니죠."

"그나저나 이 재판은 언제까지 해야 하나요?"

아무래도 차기 프로그램을 만들기 위해서는 이 재판이 빨리 끝나야 한다. 그리고 꼭 이겨야 한다.

이 재판에서 져서 만일 프로그램이 없어진다면 진상들은 전보다 더 날뛰기 시작할 테니까.

"걱정하지 마세요. 이길 테니까요. 하지만 그 전에 말이지요……."

"네."

"우리도 진상 짓 한번 해 봅시다, 후후후."

⚖

"이 개놈의 자식들!"

노형진과 문성준이 나타나자 그들의 얼굴로 날아오는 손.

두 사람은 그걸 막지 않았고, 그대로 얼굴이 휙 돌아갔다.

"이 개 같은 새끼들! 너희 따위가 이래도 되는 줄 알아! 내가 누군지 알아!"

"모릅니다. 하지만 이러면 안 되는 건 알고 있지요."

"웃기지 마! 이 버러지 같은 새끼들아!"

모녀는 길길이 날뛰었다.

그들 때문에 주변에서 당하고 있는 창피를 생각하면 고개를 못 들 지경이었다.

"저희는 합의를 하려고 온 겁니다."

"합의? 무슨 합의! 너희는 우리 인생을 망쳤어!"

"망친 적은 없습니다. 다만 본인들이 하신 모습을 보여 드린 것뿐입니다. 스스로 잘못을 고치셨어야지요."

"내가 왜? 그런 버러지 같은 새끼들이 당할 만한 거잖아! 그러라고 돈 처받으면서 거기에 있는 거 아냐? 그거 더러우면 그만두든가!"

마구 언성을 높이는 모녀.

"그래요? 합의 안 하실 거예요?"

"안 해! 못 해!"

“저희가 요구하는 건 별거 아닙니다만? 그냥 피해자들에게 공개 사과하시면 됩니다.”

“웃기지 마! 사람이 버러지한테 사과하는 거 봤어!”

“그렇단 말이지요.”

노형진은 고개를 끄덕거렸다.

아니나 다를까, 그들은 반성이라는 것을 하지 않고 있었다.

하긴 그들은 사건을 검찰에 넘기고 반성을 하기는커녕 그냥 집에서 처박혀 있을 뿐이었으니 사회적 여론 같은 걸 느끼지 못했을 것이다.

이미 핸드폰은 번호를 바꿨다고 할 정도이니 말이다.

“알겠습니다. 우리는 돌아가지요.”

“뭐라고! 누구 마음대로! 당장 사과해!”

“경찰 불러! 경찰!”

“음…….”

잠깐 고민하던 노형진이 씩 웃었다.

“그게 좋겠네요.”

“뭐?”

“경찰을 부르는 게 좋겠어요. 합의하러 왔는데 맞고 그냥 갈 수는 없지 않습니까?”

“뭔 개 같은 소리야?”

문성준은 히죽 웃으면서 뒤쪽에 있던 카메라 가방을 툭툭 건드렸다.

그리고 그 안에 보이는 작은 카메라.
"언론사에서 참 좋아할 것 같은데, 안 그런가요?"
카메라를 본 모녀는 얼굴이 사색이 되었다.
"그러고 보니 보복은 상당히 처벌이 강하지 않나?"

⚖

—죄송합니다.

무릎을 꿇고 용서를 비는 두 사람.
그 두 사람은 결국 노형진과 문성준에게 무릎을 꿇을 수밖에 없었다.
두 사람을 폭행한 영상이 있을 뿐만 아니라 이미 촬영한 영상을 편집하지 않은 그대로 공개한다고 하자 자신들이 지고 들어갈 수밖에 없다는 걸 알아차린 것이다.
"촬영 중인 걸 공개했어야 하는 거 아냐?"
"언론이라는 게 참 좋지."
"오호라, 이것도 취재라 이거지."
"그래."
잠입 취재 같은 경우는 촬영을 고지하지 않아도 된다.
물론 잠입 취재에는 한계가 있다. 반사회적이거나 문제가 되는 것을 취재할 때만 가능하다.

"만일 거기서 그냥 협상만 했다면 그럴 의미가 없지."

하지만 모녀는 두 사람을 보자마자 일단 따귀부터 올려 쳤다.

노형진이나 문성준이 그들을 협박하거나 조롱한 것도 아니다. 협상을 위해서 만나자고 했을 뿐이다.

"아마 제일 무서운 건 전 영상을 공개하는 것일 거야."

"어째서?"

"그 영상에는 남편도 나오거든."

"남편?"

"그래. 그들이 갑질을 할 수 있는 가장 큰 이유가 뭐라고 생각해?"

"남편 돈이지. 하지만 남편이 나온다고 해서 뭐가 바뀌는 건 아니잖아."

"그렇기는 하지. 하지만 반대로 남편이 나오니까 위험한 거야."

법적으로 남편은 문제가 전혀 없다.

그는 이번 문제에 대해서 알고는 있겠지만 그가 책임지거나 해결해야 하는 것은 없다.

그러나 그건 어디까지나 법적인 부분이다.

"문제는 남편이 속한 기업이지."

사실상 이 사건에 대해서 언론은 집요하게 물어뜯고 있다.

공식적으로 언론에 물린 재갈을 벗겨 낼 기회니까.

"아아아…… 그 사람이 상당히 높은 직책이겠구나."

듣기로는 그의 연봉은 3억쯤 된다. 그 정도면 대기업의 사장급이다.

"그런데 이 사실이 드러나면 그 사람은 어떻게 되겠어?"

"좋은 꼴은 못 보겠지."

당연히 기업에까지 불똥이 튄다.

그리고 기업의 성향상, 그렇게 되면 그를 그냥 두기보다는 쫓아내는 것을 선택한다.

"결국 자기들이 욕먹고 돈을 지키느냐, 아니면 끝까지 가서 파멸하느냐의 차이지."

욕을 먹는 건 두렵지 않지만 돈을 잃어버리는 것은 두려운 것이 사실.

결국 그들은 두 손이 발이 되도록 싹싹 빌 수밖에 없었다.

"더군다나 배상해야 되는 돈도 적지 않거든."

그들에게 피해를 입은 사람들을 모으자 그 숫자가 무려 백 명이 넘었다. 새론은 그들을 모아서 손해배상을 청구했고, 아무리 조금씩 준다고 해도 못해도 1억 이상의 배상금이 나올 수밖에 없다.

"결국 돈이 제일 아깝다 이건가?"

"그렇지. 개인적으로는 3심까지 가서 찍소리도 못 하게 하고 싶었지만 말이야."

그러나 그러기에는 시간이 너무나 많이 걸린다.

"하지만 확실한 건, 진상 짓을 하는 녀석들에 대한 대응책은 만들어졌다는 거지."

더 이상 진상들은 자기 마음대로 사람을 괴롭히지 못할 것이다. 그렇게 되면 방송 프로에 자신의 얼굴이 드러날 테니까.

진상뿐만이 아니다. 갑이라는 이유로 여직원을 성희롱하는 사장이나 점장 역시 공포에 떨 수밖에 없다.

"수십 년 동안 해결 안 되던 게 순식간에 해결되네."

문성준은 이 문제를 해결하려고 별수를 다 썼다. 그런데 그걸 한 번에 해결하다니.

손채림은 노형진을 보면서 대단하다는 생각을 했다.

"뭐, 다시 안 나타나게 만드는 게 중요하지. 인간이라는 짐승은 익숙해지기 마련이거든."

"응?"

"네가 말한 그 프로그램, 뭐더라?"

"엔수 프로피아 트람 파."

"그게 있다고 해서 범죄가 사라졌어?"

"아……."

"결국은 익숙해지니까."

지금이야 처음이니까 대부분의 사람들이 혹시나 걸릴까 봐 두려워해서 진상 짓을 안 한다.

그러나 얼마 지나지 않아서 그들은 기껏해야 매년 쉰두 명이 한계라는 걸 알아차릴 것이다. 그리고 그때부터는 다시 진상 짓을 할 것이다.

"과거에는 소매치기를 잡으면 손을 잘랐어. 하지만 그런다고 소매치기가 사라지지는 않았지."

"그럼 우리가 한 짓은 의미가 없는 거야?"

"아니야. 최소한 전면에 문성준이 나타나게 했잖아."

언론에서는 문성준을 띄워 주고 있고, 그도 그 부분을 착실하게 이용하고 있다.

아마도 그가 좀 더 노력한다면 어렵지 않게 정치인으로 나갈 수 있을 것이다.

"결국 우리가 할 수 있는 것은 대안을 보내는 것뿐이야."

"대안이라……."

"그래. 공포는 언제나 임시방편일 뿐이지."

최소한 지금의 문성준은 충분히 정치적 대안이 될 수 있는 사람이다.

정치가 바뀌면 문화가 바뀌고, 문화가 바뀌면 사람은 변한다.

"결국 미래는 그런 사람이 잡아야지. 미래를 꿈꿀 수 있는 사람 말이야. 노인네들이 아니라."

"누가 보면 참 노친네가 하는 말인 줄 알겠네."

노형진은 피식 웃었다.

확실히 속은 늙었나 보다.

"가끔은 노친네 말도 현명한 법이다."

"어련하시겠어, 큭큭큭."

두 사람은 그저 이번 선택이 올바른 것이었기를 바라는 수밖에 없었다.

신념이 아닌 욕망

"나중에 다시 뵙자고 했지만 이렇게 일찍 뵙자는 뜻은 아니었는데요."

문성준을 보면서 노형진은 말했다.

다시 보자는 말을 한 게 불과 지난주다. 그런데 이렇게 빨리 다시 보게 될 거라고는 생각도 못 했다.

물론 나이도 비슷하니 교류를 위해서 온 것이라면 이해한다. 하지만 정식으로 수임을 하고자 온 거라니.

"회사라는 게 그다지 평안한 곳은 아니지 않습니까? 하하하."

"행선양행이요? 그럴 리가요. 그리고 애초에 회사와 거리를 두겠다고 하신 건 문성준 씨 아닙니까?"

"그렇기는 하지만, 아무래도 아예 신경을 안 쓸 수는 없죠."

"그래요?"

행선양행은 우리나라에서 얼마 안 되는 바른 기업 중 하나다. 그래서 상대적으로 소송이 적은 것으로 유명하다.

그럴 수밖에 없는 게, 기업의 소송은 대부분 기업이 돈을 주지 않기 위해서 일단 거는 소송인 경우가 많기 때문이다.

"회사에 문제가 생겼는데 도무지 답이 없어서요. 주변에서는 뭐라고 하지도 못하고. 그런데 노 변호사님이 생각이 나더군요. 어떻게 해서든 방법을 찾아 주실 거라고 생각해서 찾아온 겁니다."

"뭐, 유능하게 평가해 주시니 감사합니다만, 내부에 법무팀 같은 거 있지 않나요? 무슨 일인지 모르지만 담당 부서가 있을 텐데요."

"저희는 따로 법무 팀을 두지 않습니다. 그다지 소송이 많은 기업이 아니니까요. 그리고 이번 사건은 도무지 법으로 어떻게 할 수 있는 있는 상황이 아니라서요."

"그래요?"

기업이 바르면 외부에서 들어오는 소송도 별로 없다.

책잡을 게 없거니와 나갈 돈을 꼬박꼬박 주니 외부에서 소송을 걸 리 없기 때문이다.

그나마 뭐 하나 뜯어먹으려고 거는 경우는 있을 수 있지만.

"그래도 일단 다른 변호사분에게 찾아가는 게 더 좋을 것 같은데요. 거래하던 분이 있을 거 아닙니까? 그분을 배제하고 일을 진행하는 건 아무래도 상도의가 어긋나서."

아무리 내부에 법무 팀이 없다고 해도 행선양행 정도 되는 기업이 거래하던 사람이 없다는 건 말도 안 된다.

"그게, 변호사가 변론을 거절했습니다."

"네?"

고개를 갸웃하는 노형진이었다. 이해가 안 가기 때문이다.

행선양행쯤 되면 상당히 큰 기업이다. 그런 고객의 변론을 거절하다니.

'말이 안 되는데?'

물론 비정상적인 변론이나 반사회적 변론을 요구할 경우 거부할 수도 있지만, 자신이 아는 행선양행의 기업 운영 모토를 생각하면 그런 게 용납될 리 없다.

"무슨 일인데요?"

"상대방이 여자라서 곤란하답니다. 자신은 복잡한 일에는 엮이고 싶지 않다면서요."

"네?"

그것과 무슨 관계가 있단 말인가?

상대방이 여자라서 변론을 못 해 준다? 말도 안 된다.

노형진이 이해하지 못하겠다는 표정이 되자 문성준은 자신이 뭘 잘못했는지 바로 알아차렸다.

"아, 그게 말입니다, 제가 단어 선택을 잘못했군요. 여자라서가 아니라, 여성운동 단체라서요."

"여성운동 단체?"

"네. 저희가 그동안 거래하던 변호사가 이런 사건은 건드리고 싶지 않다고 하더군요. 여성 단체에서 싸움을 걸어와서요."

"네?"

노형진은 어이가 없어서 말문이 막혔다.

의뢰인이 불리하다고 도망가는 것은 변호사도 아니다. 그런데 변호사가 도망가다니.

'물론 어느 정도 이해는 거지만.'

상대방이 여성 단체라면 나중에 여러모로 복잡하고 머리 아픈 일이 많이 생긴다.

여성 단체 같은 곳들은 이상하게 상대방을 변호하면 남성우월주의자니 성차별 주의자니 하면서 말도 안 되는 죄를 뒤집어씌우는 경우가 많아서 나중에 머리가 아픈 것은 사실이니까.

그런데 그것 때문에 도망을 간다?

'뭔가 있기는 하군.'

자신이 모르는 뭔가가 있다. 그러니 변호사는 그걸 알고 도망간 것이 분명하다.

"그 여성 단체라는 게……?"

"한국여성노동자협의회라는 곳입니다. 줄여서 여노협이라고 하더군요. 대표는 방탄수라는 사람입니다."

"방탄수요?"

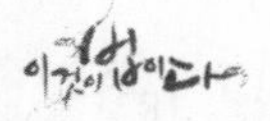

“네. 저희가 성차별적 기업이라고 싸움을 걸더군요. 아직 제소를 하지는 않았지만, 여직원들을 선동하면서 난리법석을 피워서 회사 분위기가 좋지 않습니다.”

“흠…….”

아직 제소를 하지 않았다. 그 말은 회사 내부에서 누군가 호응해 주지 않고 있다는 뜻이다.

‘하긴, 회사를 배신하고 반대쪽에 붙는 게 쉬운 건 아니기는 하지.’

그렇다고 해도 그냥 둘 수는 없는 노릇이다.

그게 언제까지 계속될지 알 수도 없거니와, 그런 시위가 계속될수록 기업의 이미지는 점점 나빠지니까.

“그쪽 요구 사항이 뭡니까?”

“기존에 있던 성차별을 멈추고 여성에 대한 배려를 해 달라는 겁니다.”

“차별?”

“네, 그들은 그렇게 말하더군요.”

“회사 내부에 차별이 있습니까?”

“사람마다 입장이 있기는 하지만 솔직히 저희들 입장에서는 차별이라고 할 만한 것도 없습니다. 그런 게 있다면 최대한 고치려고 노력했거든요. 그런데 차별을 한다니 억울할 수밖에요.”

문성준은 정말 억울한 듯 보였다.

하긴 노형진이 아는 행선양행이라면 그런 기업이기는 하다.

물론 노형진이 내부인도 아니고, 또 사람마다 입장이 다르니 확실하게 말할 수는 없다. 누군가는 뭔가를 성차별이라고 받아들일 수도 있는 것이니까.

하지만 이렇게 사회단체가 달라붙어서 때려잡을 만큼 대놓고 성차별을 하는 기업이 아닌 것만은 확실하다.

'대충 감이 오기는 하는데…….'

그렇다면 그들이 요구하는 것은 보통은 정해져 있기 마련이다. 그리고 그 때문에 몇몇 기업들이 고통을 받기도 했다.

노형진은 대충 그들의 목적을 알 것 같았기 때문에 조용히 문성준에게 물었다.

"그거 말고 다른 요구는 없습니까?"

"네? 다른 요구요?"

"네."

"아직은 없습니다만, 다른 요구도 있나요? 보통은 복직을 요구하는 그런 건데 최근에 불법적으로 해직당한 사람도 없고요, 복직을 요구할 만한 경우도 없는데……."

이런 경우 해고자 복직 같은 걸 요구하는 게 보통이다.

그런데 문성준이 아는 한 딱히 부당하게 해고당한 직원은 없었다.

"아…… 아직은 요구하지 않았나 보군요."

"네?"

"그들이 요구하는 건 복직이니 평등이니 하는 게 아닐 겁니다. 돈이지."

"그게 무슨 말씀이신지?"

"결국 사회운동도 돈이 필요한 법이거든요."

특히나 사회적으로 그다지 공감을 얻지 못하는 집단들은 더욱 그렇다.

일반적으로 그런 곳들의 운영은 정부의 지원과 국민들의 성금으로 이루어지게 되어 있다.

그런데 이것도 빈익빈 부익부가 적용된다.

새로 생긴 곳. 그리고 지명도가 없는 곳은 그다지 지원이 없다. 더군다나 그런 상당수가 극렬 운동가로 분류되는 경우가 많았다.

'정부에서 원하는 건 극렬 운동가가 아니란 말이지.'

물론 상황에 따라서는 극렬 운동가를 밀어주기도 한다.

하지만 대부분의 경우 극렬 운동가는 뭔가를 바꾸기보다는 극단적 선택과 반감을 조장해서 도리어 사람들의 지지 철회를 일으키는 경우가 더 많다.

결국 극렬한 그룹일수록 돈이 없게 되고, 그 돈을 구하기 위해서 변질되는 것이다.

"아마 돈을 요구할 겁니다."

"돈요?"

"네. 사회운동을 한다는 놈들이 자주 저지르는 일이지요."

"그런 놈들이 있습니까?"

"정치를 하시려면 그런 놈들을 잘 아셔야 할 겁니다."

사람들은 사회운동을 한다고 하면 무척이나 선한 사람인 줄 안다.

그러나 모든 것은 포장하기 나름.

욕망을 사회운동이라고 포장하고, 그걸 이용해서 자신의 사리사욕을 채우는 사람은 있기 마련이다.

"미친."

진정으로 사회를 바꾸고자 하는 문성준으로서는 절대 이해하지 못할 인간들이다.

"인간에게는 그런 면이 있어요. 정작 이런 집단은 극단적 차별 기업에는 가지 않습니다."

"왜요?"

"그렇게 대놓고 차별하면서도 처벌을 받지 않을 정도라면 정부와 선이 닿아 있다는 뜻이거든요. 그들을 건드리면 지원금이 끊어집니다. 행선양행은 정부에 정치자금 안 내죠?"

"으음……."

문성준은 신음 소리를 냈다.

자신이 자세한 것은 모르지만 아버지와 형님의 성격을 봐서는 그걸 낼 가능성은 없어 보였기 때문이다.

"정치자금을 내지 않는다는 것은 정치적인 문제가 생겼을 때 보호도 받지 못한다는 뜻입니다. 그걸 알고 있으니 노리는 거구요."

실제로 노동자 인권에 대해 주장을 하는 작자들은 대부분 큰 기업에는 덤비지 않는다.

한 예로, 대기업에서 직원들을 주말에 동원하여 자신들의 공사 현장에서 강제로 노가다를 뛰게 만든 적이 있었다. 그러다가 사망자가 발생하였음에도 불구하고, 노동운동을 하는 대부분은 침묵을 지켰다.

"허?"

"결국 대상이나 과정은 사실 정해져 있지요."

대상은 정부의 지원을 받지 않는, 정확하게는 정부의 정치적 보호를 받지 않는 어느 정도 규모가 되는 기업이 1순위다.

일단은 인터넷에 해당 업체에 대한 안 좋은 이야기가 올라온다. 그리고 그 업체에 대해서 불만을 가진 사람들이 모여들기 시작한다.

그래서 사회적으로 어느 정도 이슈가 되었을 때, 해당 단체가 갑자기 끼어든다.

그들은 사회운동 운운하면서 극렬하게 해당 기업을 규탄하고, 나중에 가면 기업의 입구에서 시위하거나 사람을 모아서 고소 고발을 하겠다고 덤벼든다.

"어...... 어떻게 아셨습니까?"

문성준은 깜짝 놀랐다.

실제로 지금 자신들은 인터넷에서 욕을 어마어마하게 먹

고 있는 시점이었다.

"제가 하나 맞혀 보죠. 글이 맨 처음 올라온 장소는 여모 아닙니까?"

"여모?"

"여우들의 모임이라는 여성 카페일 겁니다."

"어?"

문성준은 당황했다.

자신은 아무런 이야기도 안 했다. 그런데 그런 걸 맞히다니?

"그걸 어떻게?"

"극렬 운동가들이 선호하는 사이트 중 하나거든요. 특히 이런 성차별 극렬 운동가들이 가장 선호하는 곳 중 하나입니다. 보통 10대 후반에서 20대 초중반의 여자분들이 많거든요."

그곳은 젊은 여성들이 많다. 그래서 조금만 자극적인 이야기를 하면 쉽게 흥분하고 또 쉽게 속아 넘어간다.

"나이가 좀 있는 여성이 있는 곳은 그렇게 쉽게 안 넘어가거든요. 하지만 10대에서 20대 후반까지의 여성은 그들의 선동에 쉽게 넘어갑니다. 그래서 젊은 여성들이 많은 카페나 사이트가 극단적인 반남성 주의를 추구하는 경우가 많은 거죠."

경험이라는 게 그냥 생기는 것이 아니다.

나이가 서른을 넘어가기 시작하면 생활을 하면서 지혜를 가지게 된다. 성차별이 없다는 것은 아니지만, 최소한 성차별과 성적 다름을 못 알아볼 정도는 아니다.

더군다나 대부분의 경우 그 나이가 되면 결혼도 하고 아이도 낳게 된다.

남편도 남자이고 아들도 남자이다.

그들을 보면서 극단적 남성 혐오감을 가지게 되는 것은 힘들다.

“그래서 그런 작자들은 젊은 여성들을 노리는 편이지요. 극렬 운동가들은 그런 곳에 가입해서 열성적으로 활동하면서 계속 피해 의식을 주입합니다. 오로지 성적으로 차별받는다고 생각하게 세뇌하는 거죠. 말은 안 하지만 그런 사이트들은 평소에 여성 단체에서 관리합니다. 거의 상주 인원을 두고 분위기를 성차별적으로 몰아가지요.”

“헐.”

문성준은 얼굴이 핼쑥해졌다.

설마 그렇게 체계적으로 관리되고 있다고는 생각하지 못했기 때문이다.

“남의 돈 먹는 게 얼마나 힘든데요.”

“그거 공갈죄 아닙니까?”

“엄밀하게 말하면 공갈이지요. 하지만 이건 사회운동으로 가면을 쓰고 있습니다. 우리가 ‘진상을 만나다’라는 프로그램을 만들 때 언론이라는 가면을 썼듯이요.”

“아…….”

만일 소송을 건다고 해도 저들은 사회운동이라는 주장을 할 것이다.

그리고 대부분의 재판부는 그 부분을 참작해서 처벌을 안 하거나, 처벌을 내린다고 해도 아주 가볍게 해 준다.

"가면을 쓰는 방식은 사기꾼들이 흔하게 써먹는 방법입니다."

"이런……."

문성준은 참담한 얼굴이 되었다.

물론 자신도 그런 방식을 쓰기는 했다. 하지만 최소한 자신은 선을 위해서 행동했다.

그런데 이들은 자신들의 욕망을 위해서 하는 게 아닌가?

"일단은 이런 식으로 돌아간다는 건 저쪽에서 이미 준비가 끝났다는 뜻일 겁니다. 그들은 준비가 안 되면 절대로 움직이지 않으니까요."

"준비가 끝나다니요?"

"내부에 배신자들이 있다는 거죠. 아마 성차별에 관련된 증거를 모으고 있을 겁니다. 내부에서 선동도 하고 있을 테고요."

문성준은 얼굴이 딱딱해졌다.

자신들은 직원들을 위해서 복지 제도를 상당히 많이 도입했다. 그런데 배신이라니?

"원래 그런 겁니다. 인간은 호의가 계속되면 권리인 줄 알거든요."

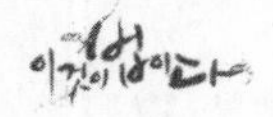

"끄응……."

"그래서 제가 무조건 착한 것에 반대하는 겁니다."

노형진이 평소에는 착하게 살기는 한다. 하지만 상대방이 적대적으로 나오면 철저하게 파멸시킨다.

특히 주변에 최대한 그 사실을 알린다.

일종의 경고다. 내가 마냥 착한 바보는 아니라는.

'그에 반해서…….'

행선양행의 창업주와 사장은 착한 바보라는 이미지가 딱 맞았다.

그런 마음으로 어떻게 이 냉혹한 기업의 세계에서 버텼는지 신기할 정도로 말이다.

"일단은 그들에 대해서 알아보죠."

"오래 걸리나요?"

"그럴 리가요. 다행히 여성운동에 빠삭하신 분이 한 분 계셔서요."

새론은 인권 변호사 팀이 내부에 있다. 당연히 그들은 여러 가지 안건에 대해서 변론을 하고 그들과 많은 소통을 한다.

그중 한 명이 여성운동 전문가이니 그라면 알지도 모른다는 생각에 노형진은 그와 내선으로 전화를 연결했다.

그러나 사정을 들은 그는 머리를 흔들었다.

–답이 없는 놈들입니다.

"놈들요?"

—네. 외부적으로는 여성운동을 표방하는데, 내부적으로는 노 변호사님이 우려하는 그런 놈들이 맞습니다. 그들과 한두 번 부딪쳤는데, 말이 안 통합니다. 극렬도 이런 극렬이 없어요. 그들의 주장에 따르면 아마 인간 중 남성이라는 존재는 모조리 씨를 말려야 할 겁니다. 남자에 대한 피해망상이 이만저만이 아니에요.

"그 정도입니까?"

—아주 미쳤다니까요. 말이 한국여성노동자협의회지, 사실 숫자는 얼마 안 된답니다. 그런데 극렬 운동가들이라 사방에서 사고를 치고 다닙니다. 그 때문에 도리어 여성운동이 욕을 먹어요. 그렇다고 그놈들을 막을 마땅한 방법이 없으니 그냥 두고 보는 수밖에요. 그랬더니 점점 더 극렬하게 변하고 있어요.

"끄응."

뭔가를 원하는 놈들은 튀기를 원한다. 그렇기 때문에 그들은 극렬해진다.

자신들이 뭔가를 한다는 모습을 보여 줘야 그에 따른 지원금이 오거나 기부금이 들어오기 때문이다.

이성과 합법으로 운동을 하는 사람들은 극렬한 모습을 보이지 않기 때문에 점점 그러한 지원금이 끊어지고, 결국 그들도 극렬 운동을 선택하게 된다.

'악순환이지.'

노형진은 고개를 흔들 수밖에 없었다.

그런데 듣고 있던 그는 뭔가 이상하다는 느낌이 들었다.

"아까부터 그놈들이라고 하시던데, 그년들 아닙니까?"

—네?

설마 '그년'이라는 말을 욕처럼 생각해서 일부러 피한 걸까?

그렇게 생각하던 노형진은 '설마.'라는 생각을 했다.

그것도 어찌 되었건 성차별적 요소다. 당연히 그런 일을 하는 변호사가 그런 실수를 할 리는 없고.

—아, 제가 그놈이라고 해서 오해하셨군요. 거기 운영진이 여자가 아니라 남자들입니다.

"네?"

—창립자부터, 운영진이 전부 남자들입니다. 자칭 페미니스트라고 주장하는 남자들이지요.

"끄응."

노형진은 답이 안 나왔다.

"의견 감사합니다."

대충 상황을 이해한 노형진은 전화를 끊고 한숨을 푹 내쉬었다.

"왜 그러십니까?"

"남자랍니다."

"그게 문제인가요?"

"문제죠. 원래 변절한 인간들이 더 극렬한 법이거든요."

“네?”

“이건 뭐, 변절로 보기는 애매하기는 하지만 말입니다.”

반대쪽에 있는 사람이 돌아선 경우, 그는 자신을 더욱 증명해야 한다. 그래서 그들은 극단적인 극렬 운동가로 돌변하는 경우가 많다.

예를 들어 진보였다가 보수로 돌아서는 경우 자신의 보수성을 증명하기 위해서 기존 동료에 대해서 폭행을 하거나 살인도 불사할 정도로 극렬하게 변하는 경우가 많다.

“하지만 이건 정치적인 문제가 아닌데요.”

“남자들이 페미니즘 운동을 한다고 한다면 여자들은 쉽게 안 믿죠.”

“아!”

“당연히 더욱 설득하기 힘들어집니다. 결과적으로 그는 극렬 페미 운동가로 변합니다. 문제는 거기에 욕심이 끼기 시작한다는 거죠.”

사회적으로 여성운동을 하는 것이 결코 나쁜 것은 아니다. 성차별을 없애자는 것을 반대하는 사람이 이상한 것이니까.

문제는 그걸 이용해서 자신의 욕심을 채우려고 한다는 것이다.

“아무래도 방법을 찾아야겠군요. 그들은 쉽게 물러나지 않을 겁니다.”

“으음…….”

"일단은 그들이 문제 삼는 게 뭔지 알아야겠네요. 뭘 요구하던가요?"
"한두 개가 아닌데……."
"그래도 특정된 게 있을 거 아닙니까? 무조건 여성 차별하는 곳이다, 때려잡아라 하는 식은 아닐 텐데요?"
"가장 문제 삼는 것은 결혼한 여성의 부서 이동 건에 대해서더군요."
"부서 이동?"
"네. 내부 규정상 결혼한 여성들은 무조건 내근이나 판매직으로 옮기게 되어 있거든요. 그게 성차별적인 문제라고 소송을 걸겠답니다."
"흠……."
노형진은 고개를 갸웃했다.
자신이 생각하기에도 그건 성차별적인 요소가 맞다.
"그건 그쪽에서 소송을 걸 만한 이유가 되는데요? 그건 명백하게 성차별입니다. 행선양행쯤 되는 곳에서 그런 일을 저지르다니, 의외네요?"
"저희도 사정이 다 있습니다."
"사정?"
"네. 저희가 육아휴직을 안 주는 것도 아니고요."
"그 사정이 뭡니까?"
"저희 사정이 아니라 결혼한 여직원들의 사정이지요."

"결혼한 여직원들의 사정?"

"네."

"그게 성차별이라는 겁니다만?"

"그들이 결혼을 한다고 해서 일을 못 한다 같은 게 아닙니다."

문성준은 눈앞에 있는 물로 입술을 적시고는 한숨을 쉬었다.

"결혼을 하면 대부분의 여성들은 2세를 생각합니다. 그렇지요?"

"그거야 그렇지요. 결혼의 가장 큰 목적 중 하나니까요."

"그런데 저희 기업은 제약 회사입니다. 그렇지요?"

"네."

"여자들이 임신하게 되면 먹어서는 안 되는 게 뭡니까?"

"네?"

무슨 뜻인가 하고 생각하던 노형진은 순간 이해가 갔다.

주변에서 흔하게 봐 온 모습이고, 국민들 대부분은 한 번은 볼 수밖에 없는 모습이니까.

"약이지요."

"그게 문제입니다."

행선양행은 제약 회사다. 당연히 약을 만들어야 한다.

그런데 현장직은 약을 만드는 곳이다.

"아무리 청결하게 한다고 해도 약 가루가 날리는 것은 어쩔 수 없습니다. 휘발성 성분들은 막을 수도 없고요."

"그렇겠네요."

아기가 잘못될까 봐 진통제 하나 감기약 하나 못 먹고, 심지어 수술해야 할 때에도 아이를 위해서 전신마취하지 않고 국소마취로 버티는 게 어머니들이다.

그런데 그들을 약 성분이 풀풀 날리는 제약 현장에 투입한다?

"음…… 제 생각이 짧았군요."

노형진은 자신의 실수를 인정할 줄 아는 사람이다.

겉으로 보기에는 여성 차별 같지만 사실 여성 차별이 아니라 보호였던 것이다.

"그런데 그쪽에서는 여성 차별이라고 주장하고 있습니다."

"설명은 해 보셨습니까?"

"해 봤지요. 들은 척도 하지 않더군요."

"차라리 아예 임신을 하면 옮기게 하는 건 어떻습니까?"

"처음에는 그랬지요. 그런데 그게 생각보다 문제가 많아서요."

"문제?"

"임신 사실을 모르는 경우가 종종 있어서……."

"아."

여자가 임신했다고 바로 알아차리는 것이 아니다. 빠르면 2개월, 어떤 경우는 3개월이 지나야 아는 사람들이 종종 있다.

그런데 그때쯤이면 아기도 어느 정도 형태를 잡아 가는 시점이다. 당연히 약에 영향을 받을 수 있는 시점인 것이다.

"제약 공장에서 일한다는 것은 아무래도 위험한 일입니다."

약 하나 먹는 것도 조심스러운 게 임신부다. 그런데 약 성분이 가득한 공장에서 일한다?

"확실히 위험한 행동이기는 하네요."

"그래서 결혼하면 사무직이나 판매직으로 옮기게 되어 있습니다만, 또 그렇다고 강제는 아닙니다. 임신 계획이 없어서 피임하는 여성은 그대로 두거든요."

"그것에 대해서 말 안 했습니까?"

"그걸 물어보는 것 자체가 성희롱이랍니다."

"네? 성차별이 아니고 성희롱요?"

"네."

그들의 논리에 따르면 임신 가능성을 물어보는 것 자체가 여성의 기분으로 나쁘게 할 수 있으며, 여성의 기분을 나쁘게 하는 것은 성희롱이라는 것이다.

'이건 뭐 개 같은 경우가 다 있네.'

어떤 여성 정치인이 감찰한다고 하니까 성희롱으로 고발한다고 거품을 물었다고 하더니, 딱 그짝이다.

"차라리 안 보낼까 생각 중입니다만, 그러면 좀 나아질까요?"

노형진은 고개를 흔들었다.

"아니요. 그럴 가능성은 낮습니다. 말 그대로 핑계니까요. 애초에 핑계를 대는 것뿐입니다. 그중에서 가장 만만한 걸 고른 게 바로 보직 변경에 대한 부분이니까요."

"음……."

결국 사실을 말해도 그들은 물러나지 않는다.

그들이 요구하는 건 돈이고, 하나를 피해 봤자 또다른 핑계를 찾아낼 뿐이니까.

"일단은 해결해야 하는데……."

노형진은 이 일에 대해서 가장 문제가 되는 방탄수에 대해서 생각을 하기 시작했다.

'절대 지는 싸움을 하는 것은 아니야. 그러니까 증거가 있다는 건데.'

회귀 전에도 행선양행이 패한 것으로 기억하고 있다.

'그로 인해서 행선양행이 상당히 고달파졌지.'

사건에서 패배하면서 기존에 그만뒀던 여자들이 상당수 소송을 걸었다.

결국 행선양행은 그것에 질려 버려서 여성 근무자의 선발을 멈춰 버렸고, 그 때문에 남성 위주의 성차별적 회사라는 소문이 나면서 매출도 줄고 주식도 상당한 타격을 입었다는 소문을 들은 적이 있었다.

'아니, 애초에 그런 소문이 퍼지게 만든 거지.'

결국 행선양행은 파산 직전까지 몰렸던 기억이 있다.

그나마 신약이 개발되면서 숨통이 트였지만 말이다.

'소송을 해?'

그건 무리다.

소송을 한다고 해도 이미 저들이 싸지른 헛소문과 그 모든 것들이 사라지지는 않는다.

그리고 소송을 이긴다는 것은 한 사건에서 이긴다는 것이지, 저들의 말이 거짓이라는 것은 아니니까.

도리어 그들은 더 극렬하게 공격하려고 할 것이다.

'극렬 운동가들은 어딜 가나 답이 없다니까.'

물론 가끔은 극렬한 게 필요한 경우도 있다. 인간이라는 족속은 말만 해서는 변하지 않는 속성도 가지고 있으니까.

하지만 그건 어디까지나 잘못된 것을 고치기 위해서 해야 하는 것이다.

그런데 저들은 그저 자신의 욕망을 채우기 위해서 저러는 상황.

'일단은 내부에서 분탕질하는 놈들을 잡는 게 우선이겠군.'

노형진은 이 사건을 담당하기로 했다.

보아하니 기존 변호사도 그들의 극렬함을 알고 있어서 도망치는 모양이지만…….

'누군가는 당당하게 싸워야지.'

모든 사람이 다 도망친다면 누구도 지켜 주지 못하게 될 테니까 말이다.

"일단은 안에 있는 스파이를 찾아내는 게 더 급할 것 같군요."

"스파이요? 회사에 스파이가 있습니까? 그다지 스파이가 있을 만한 것 같지는 않은데요?"

"거창한 산업스파이나 정부의 기밀을 빼내는 국가의 정보전만 스파이가 있는 게 아닙니다. 이권을 위해서 내부의 비밀을 흘리는 놈들도 스파이예요. 그리고 그런 놈이 있을 겁니다. 정확하게 표현하자면 프락치에 가깝죠. 내부 선동을 위해서 들어간 사람이 있을 겁니다."

"음……."

"여직원의 비율이 얼마나 되죠?"

"한…… 70%."

절대 낮은 비율은 아니다.

"공장 기준이지요?"

"비슷합니다. 아무래도 결혼하면 내근직으로 보내다 보니까요. 그런데 프락치라는 게 무슨 소리입니까? 스파이와는 좀 다른가요?"

"선동꾼이지요. 아직은 자신의 모습을 감추고 있지만 정면으로 부딪치기 시작하면 전면에 나서서 젊은 여성들을 선동할 겁니다."

"네?"

"이런 말 하면 그렇지만, 거기에 있는 여성들 대부분 젊은 나이지요? 그들을 선동한다면 어떻게 될까요? 그들이 속아 넘어가서, 이곳이 지옥이라고 생각한다면?"

"설마요! 제가 자부하지만, 우리 같은 회사 없습니다."

"그래서요? 그걸 알아줍니까? 아까도 말씀드렸다시피 호의가 계속되면 권리인 줄 아는 게 인간입니다. 그리고 제가 아는 행선양행이면 대부분 첫 직장일 텐데요?"

"어? 어떻게 아십니까?"

"고등학생들에 대한 우선 고용권. 제법 유명한 거 아닙니까?"

"그건 그렇지요."

보통 상고라고 하는 고등학교에서는 고 3 후반이 되면 실습이라는 것을 나간다.

대부분의 기업들은 그들을 일종의 싼 노동력 취급하지만, 행선양행은 그들 중 지원자들을 우선 고용하는 정책을 쓰고 있다.

"첫 직장을 가지고 다른 곳에 가 본 적이 없으니 비교를 못 하지요."

"그건 그렇겠지만……."

"그리고 대부분 어리기 때문에 리더급으로 보이는 사람이 이끌면 쉽게 딸려 갈 겁니다. 대부분 학생 신분에서 바로 노동자가 되었으니 선생님을 따라가는 버릇을 고치지 못했을 테고요."

물론 사회적으로 행선양행은 상당히 좋은 직장에 속한다.

복지도 빵빵하고, 법적으로 보장된 휴일도 다 보장해 주고, 육아휴직도 보장해 준다. 심지어 학자금 지원까지 다 해 준다.

"하지만 원래 자기 부대가 제일 빡센 법이지요."

문성준은 고개를 끄덕거렸다.
자기 부대가 제일 빡세다.
이게 무슨 뜻이냐면, 다른 곳을 겪어 보지 못한 사람은 자기가 하는 일이 제일 힘들다고 생각한다는 뜻이다.
"그나저나 그들 문제는 어떻게 해야 할까요? 돈을 요구한다면 그냥 돈을 주는 게 편하려나요?"
문성준은 현 상황을 벗어나기 위해서 차라리 적당히 돈을 주는 건 어떤가 하는 생각이 들었다.
물론 아버지나 형님은 고지식해서 그런 걸 받아 줄 것 같지는 않았지만 말이다.
그리고 그런 것에는 노형진도 반대였다.
"악수입니다."
"악수?"
"네. 그들의 욕망은 끝이 없으니까요. 이건 일종의 심리적 인질극이죠."
처음에는 1억 정도 달라고 할지도 모른다.
행선양행이 작은 기업이 아니니 그 정도 돈은 그리 부담이 되지 않을 것이다. 그러나 점차 그들은 요구하는 금액은 계속 커질 수밖에 없다.
처음에는 1억, 그다음은 2억, 그다음은 3억.
"음……."
"그리고 이런 집단은 보통 끼리끼리 뭉치게 되어 있습니다. 거기에다 1억 받자고 이런 짓거리를 하지는 않을 겁니다. 못해도 4~5억은 요구하겠지요."

"끼리끼리?"

"네. 쉽게 말해서, 파리는 더러운 곳에 꼬이기 마련이라는 거지요."

"아, 무슨 뜻인지 알 것 같군요."

처음에는 이들만 요구할 것이다. 하지만 다른 작자들도 그걸 듣게 되면 돈을 달라고 요구할 것이다.

핑계를 대는 것은 여러 가지 방법이 있다. 그리고 그중 하나만 걸려도 돈을 줄 수밖에 없다.

"결과적으로 그들이 움직이는 원동력은 선이 아니라 욕망입니다. 전 우주에서 무한대인 것이 있다면 그건 바로 인간의 욕심일 겁니다."

"절대로 물러나지 않는다는 말씀이군요."

"네."

노형진은 고개를 끄덕거렸다.

지금이야 합당한 수준에서 조금만 요구할지도 모르지만 점차 요구가 커질 것은 명백하다.

"더군다나 그 돈으로 그들이 세력을 늘리면 규모가 커질 테고, 그러면 운영비가 더 들게 되겠지요."

"끄응……."

물론 그 운영을 하기 위해서 들어오는 녀석들은 자기들끼리 뭉치는 녀석들일 테고 말이다.

그럴수록 그들의 사회적 파워는 더욱 커질 테니 결과적으로 그들이 커지면 커질수록 이쪽은 불리해질 수밖에 없는 싸움이 되는 셈이다.

"그러면 어쩌죠? 프락치를 찾아내야 하나요?"

내부에서 분란을 일으키려고 하는 작자가 분명히 있을 것이다.

"누군지 알지 못하니 찾는 건 어려울 겁니다. 설사 찾는다고 해도 그걸 이유로 자를 수는 없으니까요. 현행법상 그런 규정은 없습니다. 여성운동을 이유로 자를 수는 없어요."

"음……."

"거기에다 그 프락치를 자르게 되면 다른 파리들도 불러올 겁니다."

"누구요?"

"노동운동하는 사람들요."

"윽."

문성준의 얼굴이 어두워졌다.

"그건 좀……."

물론 노동운동을 하는 사람들도 마찬가지로 좋은 사람도 있고 나쁜 사람도 있다.

그러나 그런 놈들과 교류하는 녀석들이 좋은 사람일 수는 없다.

분명히 그걸 꼬투리 삼아서 물고 늘어질 것이다. 그리고 돈을 요구할 테고 말이다.

"일단은 내부의 프락치부터 제압하죠."

"어떻게요?"

"원래 자기 일이 제일 힘들지만, 또 인간이 다른 곳으로 가고 싶지는 않은 법이거든요, 후후후."

노형진은 그들의 손아귀에서 놀아날 생각이 전혀 없었다.

대안이 기준이다

"진짜 여기는 여성 차별이 너무 심해."

"맞아."

"어제 팀장이 뭐라는 줄 알아? 야근 좀 하래. 아니, 생리통 때문에 아파 죽겠는데 야근이라니."

"이 회사는 젠더 의식이 너무 없어."

"바꿔야 해."

프락치들은 여자들의 말을 들으면서 미소를 지었다.

"제대로 되어 가는 것 같지?"

"그렇지?"

"호호호."

그들의 목적은 간단하다.

여성들을 모아서 여성운동을 하는 것.

그 리더로 자신들이 앉으면 회사 내부에서 쥐고 흔들 수 있다.

상당수 여성들이 파업을 하면 회사는 심각한 타격을 입을 것이다.

그렇게 내부에서 쥐고 흔들면 기업은 어쩔 수 없이 돈을 토해 낼 수밖에 없다.

지금까지 여러 번 해 봤고, 또 언제나 성공했던 방식이다.

“그쪽 팀은 어때?”

“분위기가 나쁘지 않아. 남자 직원들과 알게 모르게 벽이 생기고 있어.”

“절대로 남자들이 끼지 못하게 해야 해. 의심을 사면 골치 아파.”

“알지. 그나저나 아직도 요구 안 한 거야?”

“슬쩍 찔러봤는데, 눈치가 없는지 못 알아듣더라는데?”

“하긴, 여기 진짜 눈치가 없어.”

“돌려서 말하다가 안 되면 대놓고 이야기해 보겠지.”

“아, 씨발. 이 짓거리를 언제까지 해야 하나.”

프락치들은 자기들끼리 뭉쳐서 이런저런 이야기를 했다.

가능하면 빨리 나가고 싶지만 알아 처먹지를 않으니까 계속 분위기를 바꾸기 위해 여기에 있어야 했다. 그러자면 일을 해야 하니 짜증이 날 수밖에.

"그나저나 왜 모이라고 한 거야?"
"글쎄."
"우리가 걸렸나?"
"걸렸으면 우리를 불렀지, 전 직원을 모이라고 할 이유는 없잖아."
"그렇지?"
보통 업무를 시작하기 전에 운동장에 모여서 간단하게 조회를 하고 몸을 풀고 들어가는 것이 보통이다.
그런데 오늘은 업무 시간임에도 불구하고 직원들을 모이라고 한 것에 대해서 다들 이상하게 생각하고 있었다.
"아아, 다들 모였습니까?"
그들이 모여 있는 것을 확인한 한 남자가 단상에 올라갔다. 그러자 서로 이야기하던 사람들은 각자 자신의 팀별로 자리에 가서 줄을 서서 그를 바라보았다.
"공장장님, 무슨 사장님 훈화라도 있는 거예요?"
"일도 많은데 제발 이런 것 좀 안 했으면……."
대부분의 사람들은 툴툴거렸다.
그런 직원들을 보면서 공장장은 상당히 곤혹스러운 얼굴이 되었다.
"모두들 당혹스럽겠지만……."
"무슨 일인데요?"
"본사에서 안 좋은 소식이 나왔습니다."

"뭔데요?"

"그게……."

"빨리 말 좀 해 봐요. 답답해 죽겠네."

사실 공장장이라고 하면 상당히 높은 자리다. 그럼에도 불구하고 이렇게 다들 말할 수 있는 것은, 그가 상당히 자유로운 사람이기 때문이다.

그런 사람은 평소에는 분위기를 좋게 이끌어 갈 수 있지만 지금 같은 상황은 잘못 이끌어 가는 문제가 있다.

그래서 그는 말을 하지 못하고 눈치만 봤다.

그러자 보다 못한 한 사람이 앞으로 나서더니 그의 어깨를 툭 치고 고개를 뒤로 까딱했다.

그 행동이 뭔지 알아차린 공장장은 어쩔 수 없다는 듯 뒤로 물러났고, 그 남자는 전면으로 나섰다.

"반갑습니다. 본사에서 나온 전무한 부장이라고 합니다."

"부장?"

"부장님이 왜……?"

본사에서 부장이면 상당히 높은 직위다. 그런 그가 전면으로 나서자 다들 숨을 죽이면서 그를 바라보았다.

아무리 그들이 편하게 한다고 해도 본사의 부장이라면 이야기가 달라진다.

"공장장이 어려워하는 것 같으니 제가 발표하지요. 어차피 제가 책임자로 온 것이니까."

"책임자?"

"뭔 책임?"

"본사에서는 이번에 경영 악화로 인해서 감원이 결정되었습니다."

사람들의 얼굴이 창백해졌다.

감원. 그건 절대로 웃으면서 할 수 있는 말이 아니다.

쉽게 말해서 누군가를 자른다는 뜻이니까.

"총인원의 20%를 감원할 예정이며, 앞으로 3개월간 명퇴 희망자를 받고 난 후에 명퇴자가 부족한 경우 감원할 예정입니다."

"네?"

"그 말이 사실이에요?"

"감원이라고요?"

"그렇습니다. 제가 그 담당자이며, 최종 결정은 3개월 후부터입니다. 근무 평점 및 실적을 비교하여 감원할 예정입니다."

몇몇이 손을 바들바들 떨었다.

감원이라는 말은 노동자에게는 절대로 좋게 들릴 수가 없는 사항이다.

"그건 말도 안 돼! 노조는 뭐 하는 거야!"

누군가 외쳤다.

규모가 큰 기업이고 또 자유로운 기업이니 노조 역시 존재한다. 그러니 이런 일이 있으면 노조에서 어떻게 해서든 막아야 한다.

그리고 그 말이 나오기 무섭게 한 남자가 앞으로 나왔다.

"노조 위원장."

그는 노조 위원장으로, 모든 근로자들을 대표하는 사람이다.

"죄송합니다, 노조원 여러분. 저희들도 노력했습니다만 기업의 생존이 우선인 상황이 되었습니다. 그나마도 30%에서 20% 감원으로 줄인 것입니다. 그 정도로 사정이 좋지 않습니다."

얼굴이 사색이 되는 사람들.

이곳의 노조는 절대 어용 노조, 그러니까 사용자 편을 들어 주는 노조가 아니다.

그런 그들이 이렇게 말할 정도면 진짜로 답이 없다는 뜻이다.

"저희들로서도 방법이 없었습니다."

"우우……."

"말도 안 돼!"

"감원이라니!"

절망감에 머리를 부여잡는 사람들.

노조 위원장은 암담한 얼굴로 계속 발표했다.

"무조건 자르자는 뜻이 아닙니다. 노사는 오랜 대화 끝에 몇 가지 조항을 타결했습니다."

자르고 싶다고 무조건 아무나 자를 수 있는 것은 아니다. 해고에도 일종의 규칙이 있어야 한다.

그리고 그 규칙은 상당히 엄격한 편이었다.

"첫째, 가족이 있는 사람들은 후순위로 한다. 두 번째, 퇴직 후 이직이 쉬운 젊은 사람들 위주로 한다. 세 번째, 상황이 나아지고 난 후 퇴직자가 재입사를 원하는 경우 기존의 임금을 기준으로 하여 재입사를 받아 준다."

발표되는 말을 들으면서 젊은 사람들, 특히 젊은 여자들은 얼굴이 사색이 되기 시작했다.

일단 나이가 좀 있는 사람들은 대부분 가족이 있으니 후순위로 밀린다. 그렇다면 남는 사람들은 젊은 사람들뿐이기 때문이다.

"이상입니다."

발표가 끝나고 난 후, 운동장에서는 심각한 침묵만 흐르고 있었다.

⚖

"이런다고 나아질까요?"

문성준은 어두운 표정으로 자기 자리로 돌아가는 사람들을 보면서 말했다.

사실 명퇴니 감원이니 하는 것은 계획도 없었다. 그럼에도 불구하고 이런 발표를 한 것은, 내부에 있는 작자들을 움직이지 못하게 하기 위해서였다.

"이렇게 하면 과연 누가 나가려고 할까요? 인간은 미래에 얻을 자산보다는 지금의 자산을 지키려고 하는 성향이 있습니다. 여성운동이고 나발이고, 결국은 남의 일이거든요."

회사가 젠더 신념이 없느니 여성 차별을 한다느니 하는 모든 말장난은 결국 회사가 자신과 평등하다는 이념하에 시작되는 단어다.

"좋게 말해서 평등이지, 사실 대부분의 기업은 갑을 관계거든요."

현실은 잔인하다.

아무리 좋은 기업이고 착한 사장이 있다고 해도 결국 기업은 갑이고 노동자는 을이다. 특히나 한국처럼 기업을 철저하게 편들어 주는 구조를 가지고 있다면 더더욱 말이다.

"사회운동가 중 일부는 자신의 생업을 걸고 운동할 수도 있습니다. 하지만 대부분은 그러지 않지요. 분명히 저 안에서 분란이 일어나기 시작할 겁니다."

"그런가요?"

"네."

분명히 그랬다.

3개월간 명퇴 신청을 받고 그 후에 해고에 들어간다. 그리고 그 3개월간 근무 태도를 감안해서 판단한다.

"분란을 일으키기 위해서 들어온 프락치들은 좋은 평점을 받을 수가 없지요."

"그렇겠지요."

일단 분란을 일으키기 위해서는 세력을 만들고 헛소문을 유포해야 하며 또 남자들과 여자들을 이간질시켜야 한다. 그게 인사고과에 좋게 적용될 수가 없다.

"그리고 대부분의 여자들은 알 겁니다, 그들에게 동조해 봐야 해직밖에 없다고. 더군다나 기회를 안 주는 것도 아니고 3개월이나 기회를 주니, 법적으로도 그들은 불리할 수밖에 없지요."

"그렇기는 하지요."

당연히 파벌은 극단적으로 나뉘게 될 것이다.

그들과 동조하여 분란을 일으키는 세력과, 그러지 않고 자기 일을 하는 세력.

"전자라면 잘라도 그만이지요."

"하지만 명퇴는요?"

"그거야 안 받아 주면 되지 않습니까?"

"네?"

"명퇴를 하고 싶어서 하는 건 아니지 않습니까?"

"아!"

명퇴를 확정하기 전에는 대부분 개인 면담을 하게 된다.

그때 당신은 해직 대상이 아닌데 정말 명퇴를 하겠느냐고 한마디만 하면 그들은 명퇴를 하지 않으려 할 것이다.

"결국 명퇴도 없는 거네요?"

"네."

명퇴도 없는 상황에서 누군가는 잘려야 한다면 사람들은 극도로 예민해질 수밖에 없다.

"더군다나 해직 이야기가 나오면 대부분의 사람들은 이직을 위해서 다른 기업의 조건을 찾아보기 시작할 겁니다. 이런 말 하긴 그렇지만, 아무리 잘 찾아봐도 행선양행만큼 후한 조건을 주는 곳은 없을 겁니다."

"그 부분은 인정하지요, 후후후."

문성준은 왠지 뿌듯한 얼굴이 되었다.

그럴 수밖에 없는 게, 동종 업계에서도 그들의 복지나 임금은 최고 수준이다. 그러니 이곳을 나가려고 하는 사람이 없는 것이다.

"그 상황에서 여노협이 뭐라고 한들 사람들에게 들릴까요?"

"아!"

당장 분란을 일으킨다는 것은 명백하게 해직 사유다.

물론 여성운동을 한다고 해서 해직하는 것은 불법이다. 그러나 3개월간 근태를 판단한다고 했고, 그걸 기준 삼아 해직하는 것은 불법이 아니다.

"프락치들이 나가지 않고 버텨도 자를 수 있겠군요."

없는 명퇴와 감원을 이야기했지만 그것만으로도 충분히 프락치를 쳐 낼 수 있는 상황이 된 것이다.

"그렇지요."

"그것까지는 좋은데, 노조 위원장은 어떻게 설득하신 겁니까?"

문성준은 그게 신기한다는 듯 노형진에게 물었다.

자신이 아는 노조 위원장이라면 이런 일을 순순히 용납할 사람이 아니기 때문이다.

"그도 지금 공장에서 벌어지는 상황에 대해서 조금은 알고 있더군요. 사실, 알 수밖에 없지요."

"네?"

"이 회사에는 사내 커플이 많습니다. 모르십니까?"

"그랬나요? 전 회사에 관심이 없어서."

"사내 커플이 좀 많은 편이더군요."

회사에서 사내 연애를 막는 것도 아니고, 남자와 여자가 자연스럽게 만나다 보니 사내 커플이 많다. 그래서 이런저런 이야기들도 많이 들리기 마련이다.

"그런데 최근에 그 때문에 문제가 많다고 하더군요."

사내 커플 중 여자가 한 말은 남자 친구에게 들어가고 남자 친구는 그걸 다른 사람에게 말하면 그 사람은 다시 노조에 말하는 식으로, 문제가 점점 위로 올라간다.

"그도 이상 징후는 느끼고 있었답니다. 하지만 자신이 할 수 있는 게 없어서 그냥 지켜보고만 있었다고 하더군요."

"아아."

"그리고 얼마 후면 노조 위원장을 새로 뽑는 선거가 있거든요."

"그거랑 이거랑 무슨 관계가……?"

"우리도 도움을 받으면 그의 부탁을 들어줘야지요."

애초에 해직 계획은 없다. 하지만 공식적으로 발표는 해야 한다.

노조 위원장은 정치적 감각이 있는 사람이었다. 일단 해직 발표 후 자신과의 재협상을 통해서 해직 계획을 철회한 것을 발표해 달라는 것이다.

"재선을 노리겠다 이거군요."

"그런 거죠."

만일 그가 해직을 막아 낸다면 100% 재선에 성공한다.

사람들은 잘 모르지만 노조 위원장에게 지급되는 복지는 상당히 많다. 그걸 놓치고 싶지는 않았으리라.

"회사의 입장에서도 나쁜 선택은 아니고요."

난데없이 '없던 일로 하겠습니다.'라고 하면 의심을 사기 마련이다. 하지만 노조와의 협상을 통해서 없애거나 최소한으로 줄인다고 하면 기업의 입장에서도 칭찬받을 만한 일이다.

"하지만……."

서로서로 눈짓을 주고받는 프락치들을 보면서 노형진은 미소를 지었다.

"저들은 똥줄이 타고 있을 겁니다. 아마 처음 겪는 상황일 테니까요."

그리고 노형진의 그런 예상은 정확하게 맞아떨어졌다.

⚖

"아무도 호응을 안 해?"

"네. 쓸데없는 짓 하지 말래요."

"아니, 왜!"

"그러다가 잘리면 자기 인생 책임져 줄 거냐고."

"씨발, 그러면 더 몰아붙여야지! 성차별이라고! 항의할 거라고!"

방탄수는 화를 버럭버럭 냈다.

프락치를 내부에 심기 위해서 적지 않은 돈을 써서 입사를 시켰다. 그런데 그 모든 게 허사가 되게 생겼다.

감원 열풍이 불자 혹시나 잘릴까 봐 다들 입 다물고 조심하는 상황이 되어 버린 것이다.

"저희도 그러고 싶어요!"

"그런데?"

"노조까지 합의한 마당에 뭐라고 해요?"

여자를 자르겠다는 것도 아니고 규정대로 공평하게 하겠다는데 뭐라고 한단 말인가?

"바보야! 그걸 노려야지!"

"뭘요?"

"젊은 여자만 자른다고 말이야!"

"네?"

"그렇잖아! 부양가족이 있는 사람들을 제외하고 최우선적으로 잘리는 게 젊은 사람들 아냐!"

"그렇지요?"

"직원 중 70%가 여자라면서! 그러면 여자가 더 많이 잘리겠냐, 아니면 남자가 더 많이 잘리겠냐!"

"아!"

"아오, 멍청한 년. 꼬투리는 잡으면 그만이야!"

"그러네요."

프락치들은 고개를 끄덕거렸다.

여자가 많으면 여자가 더 많이 잘릴 수밖에 없는 구조가 된다. 그러니 그걸 태클을 건다면 불안감을 가진 여자들이 더 똘똘 뭉치게 될 것이다.

"그걸 여성 차별으로 몰아가야지! 저 녀석들이 제법 머리를 썼지만 말이야, 내가 이 짓거리 한두 번 해 보는 줄 아나?"

방탄수는 상대방이 노리는 것을 알아차리고는 실실 웃었다. 그리고 눈을 희번득거렸다.

"가서 그런 쪽으로 몰아붙여. 여자들을 더 잘라 내기 위해서 협잡질을 하는 거라고! 우리도 정식으로 항의할 테니까."

"알았어요."

"이 새끼들이 누가 이기나 해보자는 것 같은데, 후후후.

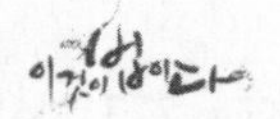

승자는 언제나 우리야."

그는 그렇게 자신하고 있었다.

그리고 다음 날부터 해당 사항에 대해서 극렬하게 선동을 하면서 내부에서 문제를 야기하는 한편, 인터넷에서 분란을 일으키기 시작했다.

공평한 규칙이 아니다, 여자가 잘릴 수밖에 없는 구조다, 이런 식으로 말이다.

물론 여성 근무자 비율이 더 많으니 당연히 해직하게 된다면 여자가 더 많을 수밖에 없다.

그러나 언제나처럼 그 부분에 대해서는 이야기를 쏘옥 빼버리고 오로지 여자를 자르기 위해서 감원을 한다는 말도 안 되는 헛소문을 퍼트리기 시작했다.

⚖

"이런 미친……."

문성준은 노형진이 한 말인 핑계를 위한 핑계라는 것이 뭔지 알 것 같았다.

자기들 기준에 맞게 기준을 세워서 발표를 했는데, 난데없이 그렇게 된다면 여자가 더 많이 잘리니 여자에 대한 성차별이라고 들고일어났던 것이다.

"거봐요, 제 말이 맞지요? 어차피 뭐라고 하든 핑계를 댈 거라고 하지 않았습니까?"

"아니, 상식적으로 말이 안 되지 않습니까? 당연히……."

"상식이 없는 대상에게 상식으로 덤비면 지는 것은 상식적인 사람입니다. 범죄자가 왜 매일 승리하는지 생각해 보세요."

"끄응……."

"정의가 승리하는 게 아니라 승리하는 게 정의라는 말이 그냥 생긴 말이 아닙니다."

"젠장."

문성준은 입술이 바짝바짝 탔다.

그나마 조금 잠잠해지던 내부 상황이 더욱 일촉즉발로 치닫기 시작했기 때문이다.

"안쪽이 시끄러운가 보군요."

"네. 젊은 여성들 중 일부가 분란을 일으키기 시작했습니다. 그중에는 일부 젊은 남자들도 있고요. 솔직히 그건 의외입니다만."

"네? 뭐가요?"

"아니, 이런 상황에서 왜 상식적으로 움직이지 않는 사람들을 따라가는 거죠?"

"아, 남자들요?"

"네."

사실 여자들만의 문제가 아니다.

프락치들에게 속은 것도 문제인데, 일부 남성들은 마치 야

합이라도 한 것처럼 그들과 함께 회사에 문제가 있다는 식으로 주장하면서 나섰다는 것이다.

"강력한 번식의 기회거든요."

"네?"

"의외로 그런 남자들 많습니다."

"이해 못 하겠습니다만?"

"젊은 여성들은 사상적으로 뭉쳐지면 쉽게 마음을 열지요."

그리고 그 말뜻은 그다지 어려운 것이 아니었다.

쉽게 말해서, 여자를 꼬셔서 어떻게 해 보려고 그런다는 것.

"미친 거 아닙니까?"

"모든 인간이 이성적이고 철학적이며 신념이 있다고 생각하지 마세요. 사상이나 신념보다는 아랫도리가 먼저 작동하는 남자들도 많습니다. 강간범이 왜 생기는 건데요."

"끄응."

문성준은 당혹스러운 표정이었다.

일부 여성들만 항의를 하는 거라면 무시하면 된다. 그런데 생각보다 많은 사람들이 항의하는 쪽으로 분위기가 넘어가고 있어 상황이 곤란해진 것이다.

"그러면 어쩌죠? 그냥 넘어갑니까? 그냥 버티다가 프락치다 잘라 내고 그만둘까요?"

어찌 되었건 해직에 관한 이야기는 이미 해 놨기 때문에 그들을 자르는 것은 문제가 안 된다.

"그건 좋은 생각이 아닙니다. 아직 3개월이나 남았으니까요. 아마 그 3개월 동안 이미지가 상당히 안 좋아질 겁니다."

"그러면 어쩌라고요? 그냥 둘 수도 없고, 그렇다고 그걸 철회도 할 수 없고."

"걱정하지 마세요. 이미 예상하고 있던 일이니까."

"네?"

예상하고 있었다는 말에 문성준은 어리둥절했다.

그런 말은 없었기 때문이다.

"예상했다고요?"

"네."

"그런데 왜……?"

"예상은 했지만 확신은 못 했거든요. 좀 다릅니다. 쓸데없는 걱정을 미리부터 할 필요는 없으니까요."

"그거야 그런데, 그렇다면 뭐라고 해야 합니까? 예상을 하셨다면 대응책도 세워 두셨을 텐데."

"그럼요."

"어떻게 해야 하는데요?"

"간단합니다. 그들이 하는 방법을 그대로 따라 하는 겁니다."

"네?"

"여자의 적은 여자라는 말이 있지요, 후후후."

⚖

"하아."

나예린은 한숨이 나왔다. 얼마 전 회사 측으로부터 충격적인 이야기를 들었기 때문이다.

'내가 해직 대상자라니.'

자신이 해직 대상자란다.

더 웃긴 건, 자신은 원래 대상자가 아니었다는 것이다.

얼마 전에 명퇴를 빌미로 가면 넌지시 이야기해 준다는 말에 핑곗김에 가서 들어 본 적이 있었다. 그때는 분명히 해직 대상자가 아니라고 했다.

그런데 이번에는 해직 대상자란다.

"언니, 언니도 들었어?"

"응?"

"얼굴 보니 언니도 들었네."

"아아……."

부서의 동생이 들어오자 나예린은 우울한 얼굴이 되었다.

"너는?"

"나도 해직 대상자래."

"어째서?"

"난 사무직에 있잖아."

"그렇지."

사실 돈이 되는 것은 공장에서 일하는 거다.

결혼하면 일단 사무직으로 옮기기는 하지만, 아이를 가질 계획이 없거나 또는 충분히 낳아서 정관수술 등을 해서 더 이상 가지지 않도록 한 경우 원하는 사람들은 공장으로 돌아온다.

나예린은 그렇게 돌아온 경우였다.

"큰일이네. 애가 세 명인데……."

첫째와 둘째가 있는데, 그중 둘째가 쌍둥이었다.

당장 아이들 분윳값과 이유식값을 대는 것도 벅찬데 자신이 해직당한다고 생각하니 앞이 캄캄해졌다.

'남편한테는 뭐라고 하지?'

경기가 안 좋아지면서 남편이 일하던 기업도 도산했다.

그때 내가 있으니 걱정하지 말라고 그렇게 자신만만하게 이야기했는데, 해직이라니.

"젊은 애들 난리더라."

"젊은 애들이라니. 우리가 그렇게 나이 먹었나?"

"어린애들은 아니지."

"그렇기는 하지. 그런데 왜?"

"해직 대상에 오른 애들이 한두 명이 아니래."

"그게 무슨 소리야?"

"이거 젊은 애들이 요구한 거래. 자기들만 피해를 입을 수 없다면서."

"그게 뭔 말이야?"

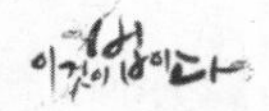

그녀는 사내 정치 같은 것에 대해 잘 모른다. 그냥 부여된 일을 하루하루 하고 지내는 것도 힘들 뿐이었다.

그런데 요구라니?

"들었잖아, 해고 대상자들."

"그렇지."

맨 처음 회사에서 공식으로 발표하기는 했다. 일단 가정이 있으면 후순위라고.

그래서 자신도 안심하고 있었다.

"그런데 젊은 애들이 들고일어난 거래. 자기들만 잘릴 수 없다면서."

"뭐라고? 왜 자기들만 잘려?"

"그러니까 웃긴 거 아냐!"

자기들만 잘리는 게 아니다.

회사에서도 해고 폭을 최소한으로 줄인다고 했고, 노조에서도 협상 중이기는 하지만 운이 좋다면 해직 사태를 막을 방법이 있다고도 했다.

그런데 난데없이 자기들이 해직이라니.

"우리뿐만 아니라 나이 먹은 사람들이랑 남자 위주로 해고가 진행될 거래."

"뭐?"

나예린은 입을 쩍 벌렸다.

물론 해고가 진행되면 원하든 원하지 않든 잘리는 사람은 생길 수밖에 없다.

하지만 그렇다고 해서 연장자와 남자 위주로 잘린다니?

"그게 무슨 말이야?"

"여자애들이 여자들만, 그것도 젊은 여자들만 잘리는 건 억울하다고 동일 비율로 자르라고 했다잖아."

"우리가 이 꼴을 당하는 게 그런 헛소리 때문이라는 거야?"

"그러니까."

"아니, 노조에서는 그냥 둬?"

"노조도 어이가 없는 모양이야. 협상이 거의 끝나 가고 있는데 그 애들이 끼어서 몽땅 파토를 내 놨으니……."

"아니, 그 애들은 뭐라는데?"

"여성운동의 승리라던데?"

"승리는 무슨 승리야!"

회사가 운영이 제대로 되지도 않는 상황에서 승리라고 할 만한 게 뭐가 있단 말인가?

"내일은 이야기 좀 해 봐야겠어."

그녀는 자신도 모르게 불만을 가지기 시작했는데, 그런 불만을 가지는 사람들은 그녀뿐만이 아니었다.

⚖

"후우, 씨발…… 죽겠네."

노조 위원장은 동료들과 술을 먹고 있었다.

노조 위원장이라고 해서 혈통이 다르거나 새로 고용되는 것은 아니다. 기존에 있던 직원 중에서 신임받을 만한 사람이 뽑히는 것이다.

그리고 그는 지금까지는 잘하고 있었다.

이번에 해직 문제로 인해서 자리가 좀 위험해지기는 했지만 말이다.

그런 그가 동료들을 만나서 술을 마시면서 울분을 토하고 있었다.

"아, 씨발. 파토를 내도 이만저만 파토를 내야지!"

"왜 그래?"

"해직 말이야. 거의 취소 직전이었단 말이야!"

"응? 그게 무슨 소리야?"

직원들은 고개를 갸웃했다. 그리고 눈에서 반짝반짝 빛이 나기 시작했다.

안 그래도 가정이 있는 사람들은 그냥 둔다는 과거의 협정이 깨지자 불안해 죽을 판국이었다. 그런데 취소 직전이었다니?

"어떻게 해서든 외부 차입금이 들어올 상황이었거든. 그래서, 회사에서 그게 들어오면 해직을 취소하겠다고 약속해 줬어!"

그렇게 말한 위원장은 소주를 그대로 입에 털어 넣었다. 그리고 분노에 찬 듯 닭발을 입안으로 꾸겨 넣었다.

"그런데 씨발…… 젠장. 그 망할 연놈들 때문에."

"망할 연놈들이라니?"

"그, 있잖아, 요즘 우리 씹고 다니는 새끼들."

"응? 아, 알지."

"그 새끼들 때문에 투자처에서 거부했어."

"뭐라고?"

"사회적으로 문제가 생기는 기업에 투자하지 않겠다고 발표가 나왔다고!"

"헐."

"헐이 아니야! 거기 투자가 안 들어오면 해직 숫자가 더 늘어날 거란 말이야! 애초에 20% 해직도 최대한 줄인 거고, 그쪽에서 투자 조건을 맞춰서 해 준 거야! 그런데 투자가 안 들어온다? 그러면 절반은 잘라야 해!"

"뭐?"

그 말은 듣지 못했기 때문에 다들 당황했다.

절반이라니? 그게 무슨 말이란 말인가?

"야, 그게 무슨 말이야!"

"절반? 절반이라고?"

"그래!"

애초에 투자금을 받는 조건으로 20%까지 낮춘 상황이라고 했다. 그런데 투자금이 없으면 더 파격적인 자구책을 요구해야 하는데, 그들은 최소 40%는 해직하라고 요구하고 있

다는 것.

“야! 그게 무슨 소리인지 알아?”

“알지! 씨발! 그래서 나도 죽겠다고!”

성차별이 문제라고 하면서 여노협이라는 단체는 남성과 여성, 기혼과 미혼을 막론하고 동일한 숫자를 자르라고 압력을 행사하고 있다.

그런데 그걸 핑계로 자금이 안 들어온다면 그걸 지키기 위해서는 결국 그들이 요구하는 대로 40% 이상을 해고해야 한다.

“그러면 기혼자들이랑 남자들은 다 잘려!”

결혼한 사람들 중에는 남자만 있는 게 아니다. 여자도 있다. 그리고 젊은 남성도 있고 말이다.

그런데 비율도 아니고 동일한 숫자로 자른다면, 당연히 비율적으로 숫자가 적은 그들은 해직 숫자가 더 많을 수밖에 없다.

“알아! 안다고! 그런데, 씨발. 그쪽에서는 위험을 감수할 생각이 없다는 거야. 협상을 해서 그쪽이랑 딜을 치기 전에는 지원이 없을 거래.”

노조 위원장은 울분을 토했다.

사실 조금만 생각하면 그게 이상하다는 것을 알 것이다.

말도 안 되는 주장을 외부 투자 업체가 받아 줄 리는 없다. 더군다나 협상해서 그들의 주장을 받아들인다면 다시 투자가 진행될 테니 그때는 해직의 위험도 없다.

그럼에도 불구하고 그가 한 말은 그럴듯하게 들렸고, 다른 직원들은 경악을 금치 못했다.

"이런 씨발."

그 말대로라면 젊은 여자들 중 상당수만 남고 모조리 잘린다는 뜻이 아닌가?

"이게 기업이야? 이게 기업이냐고!"

그들은 광분하기 시작했다.

그러자 술에 취한 것처럼 엎드려 있던 노조 위원장의 얼굴에 슬며시 미소가 떠오르기 시작했다.

"회사 분위기가 안 좋습니다."

문성준은 우려 섞인 얼굴로 나타나서 말했다.

자신이 기억하는 행선양행의 분위기는 언제나 밝은 편이었다.

사실 딱히 자금적 압박이 있는 것도 아니고, 그렇다고 사회적으로 문제가 있는 것도 아니니 대부분 좋을 수밖에 없었다.

물론 위기가 없는 것은 아니었지만 그건 어디까지나 위쪽 문제이지, 아래 직원들에게까지 영향을 줄 게 아니라서 대부분 직원들이 모르고 지나갔기에 분위기에 영향을 주지는 않았다.

하지만 요즘은 좀 달랐다.

"제가 맞춰 보죠. 왕따가 성행하죠?"

"음…… 그런 것 같습니다만. 어떻게 아신 겁니까?"

"당연하죠. 그러라고 제가 저지른 일인데."

문성준은 얼굴을 잔뜩 찡그러뜨렸다.

그는 바른 기업, 바른 정치를 추구하는 사람이다. 그래서 왕따라는 것은 극도로 사악한 행위라고 생각하고 있었다.

그런데 고의적으로 저지르다니.

"세상은 생각하는 것처럼 그렇게 바르고 착하지는 않습니다. 가끔은 똥을 묻혀야 하는 경우도 있어요. 특히 청소를 하려면 말입니다. 정치에 꿈을 가지고 계시다면 모르지는 않으실 텐데요?"

"……."

문성준은 입을 다물었다.

안다. 깨끗하게만 해서는 이기지 못한다.

상대방이 더러운 수로 나오는데 어떻게 깨끗하게 이긴단 말인가?

물론 자신은 깨끗해야 한다. 한 점 부끄러움이 없어야 한다.

하지만 도구까지 깨끗하면 안 된다. 그건 사실상 싸울 의사가 없다는 뜻이다.

칼에 피를 묻히지 않고 어떻게 싸움에서 이긴단 말인가?

"그래도 왕따는 좀……."

"어차피 쳐 내야 하는 인간들입니다."

노형진은 단호하게 선을 그었다.

"썩은 사과 이론이라는 게 있지요. 썩은 사과가 박스 안에 있으면 그 주변의 사과도 함께 썩지요."

"하지만……."

그 사람에게 영향을 받아서 그들과 뭉쳐 다니는 사람들이 있다.

그들은 딱히 프락치도 아니고, 그저 여성운동이라는 말에 속어 넘어갔을 뿐이다.

"그건 그들이 선택해야지요."

"선택?"

"네. 진실을 찾아가든가, 아니면 함께 몰락하든가."

사회운동을 하는 것은 좋다. 누구도 말리지 않고, 사회적으로 바른 일이다.

그러나 사회운동을 하기 위해서는 그에 대한 대안이 있어야 한다.

"그러나 프락치들은 대안이 없죠. 그냥 돈 때문에 여성이 차별받고 있다는 소문만 내고 불만만 야기시키는 놈들입니다. 대안을 내지는 못해요."

왜냐하면 그들은 사회운동을 해 본 적이 없으니까. 그저 분란만 불러일으킬 뿐이니까.

"대안을 요구할 때 말하지 못하는 건 사회운동가가 아닙니다. 그냥 프락치지."

"음……."

문성준은 침묵을 지켰다.

사실 이런 방식은 자신이 원하는 방식이 아니었다. 평화롭게 해결할 수 있다면 좋다고 생각했다.

그러나…….

"평화롭게라는 건 저쪽도 평화로울 때에나 가능한 겁니다."

노형진의 말을 부정할 수는 없었다.

저들은 요구만 할 뿐 대안은 내놓은 적이 없다.

"그러면 이제 어떻게 해야 하나요?"

"저쪽에서 나올 말은 뻔합니다."

"뻔하다?"

"네. 원래 이런 작전은 내부에서 호응해 줘야 하거든요."

내부에서 분란을 일으키고 그걸로 업무를 방해해서 그걸 이유로 돈을 뜯어내는 것이 고전적인 수법이다.

그러나 당장 생존이 다급하게 된 다른 직원들은 그 책임을 가진 프락치들에게 협조할 리 없다.

더군다나 시간이 지나면 저들은 해직당할 수밖에 없다. 분명히 시간을 두고 해직한다고 했으니.

"결국 버티면 버틸수록 유리한 건 이쪽입니다."

"하지만 인터넷이 문제인데요?"

노형진이 피식 웃었다.

"우리나라 사람들의 냄비 근성을 너무 가볍게 보시는군요."

"네?"

문성준은 불편한 얼굴이 되었다.

아무래도 사회를 이상적으로 만들려고 하는 사람이다 보니 그런 부정적인 표현은 거북스러운 모양이었다.

"이상론도 좋지만 현실을 인정하세요. 냄비 근성은 분명히 존재합니다."

"음……."

수백 명이 고통스럽게 죽은 사건에서, 사람들은 처음에는 애도했지만 채 한 달도 가기 전에 지겹다는 소리를 하기 시작했고, 나중에는 피해자들을 빨갱이라고 모욕했다.

아무리 정치적 목적으로 그랬다고 하지만 그것에 동조했다는 것 자체가 인간의 냄비 근성을 표현하는 것이다.

"저들이 지금이야 헛소리를 하고 있지만 그게 3개월씩 계속된다면 사람들은 뭐라고 생각할까요?"

"아!"

"거기에다 기존과 다르게 반대하는 세력이 생겼지요. 그들은 인터넷에 그런 회사가 아니라는 주장을 하지 않을까요? 제가 그냥 그들이 마음에 안 들어서 왕따시키려고 움직인 게 아닙니다."

문성준은 소름이 쫙 돋았다.

'그런 것까지 생각하고 있었다는 거야? 도대체 어디까지

예상하는 거야? 미래라도 보는 건가?'

문성준의 입장에서는 자신들이 보지 못하는 것을 예측한다는 점에서 상당히 소름이 돋았던 것이다.

"우리가 진실을 말하는 발표를 해도 어차피 우리는 나쁜 놈으로 찍혔으니 누구도 안 믿을 겁니다. 우리가 직원들을 동원해서 그런 말을 해도, 결국은 어디선가 동원령을 내렸다는 말이 나돌기 마련이지요."

프락치들이 안에 있는 이상 동원령을 내리는 순간 외부에 그 사실이 공표될 테고, 그러면 회사의 이미지는 더 안 좋아진다.

"하지만 현 상황에서는 회사를 지키기 위해서 다른 직원들이 활동하게 되겠지요."

"음……."

"선한 사람들이 이기는 방법? 간단합니다. 그냥 그들이 움직이면 됩니다. 악은 선의 방치로 승리한다는 말씀, 드렸지요? 제가 한 건 그 선이 움직일 수 있게 살짝 밀어준 것뿐입니다. 왕따는 그 와중에 벌어진 작은 부작용이구요."

"음……."

맞는 말이다.

대부분의 직원들은 그들과 상관이 없다. 그저 자신의 일상을 살아갈 뿐.

"사람들은 사회운동을 한다고 하면 대부분이 호응해 줄 거라고 생각하지만 몇몇 특수한 경우를 빼고는 그렇지 않지요."

결국 문제를 일으키는 것은 소수이고, 다수는 그저 구경하거나 방치한다.

"하지만 본인들이 피해를 입기 시작하면 그들은 그걸 막으려고 합니다. 점진적으로 조금씩 오는 피해라면 모르고 당하거나 무시하다가 당하지만……."

"해직이나 기업의 파산은 훅 들어오는군요."

문성준은 고개를 끄덕거렸다.

"대부분의 사람들은 지금 행선양행이 얼마나 좋은 직장인지 아니까요."

설사 모르고 있었다고 해도, 이번 해직 발표로 인해서 다른 직장을 알아보려고 검색을 조금만 해 봤다면 알게 될 것이다.

막말로 지금 행선양행은 다른 동종 업종에 비해서 월급이 1.3배 정도 많은 게 현실이다. 또한 직원들의 복지도 잘되어 있고 말이다.

평소에는 그걸 느끼지는 못하겠지만 이직을 위해서 찾아보다 보면 현실을 느낄 수밖에 없다.

남의 일이 아닌 나의 일이니까.

"그 와중에 미움을 그들에게 돌리고 그들이 원흉이라는 사실을 알릴 수 있다면, 그래서 여론을 반전시킬 수 있다면 과연 일반 직원들이 어떻게 할까요?"

"하하하."

"저들과 작업을 하는 사람들이 있을 겁니다만, 손 하나가 손 열 개를 못 막습니다."

당연히 자신의 직장을 지키기 위해서 대부분의 사람들은 움직이기 시작할 것이다.

그리고 그게 인터넷에서 돌기 시작한다면…….

"아무 증거도 없는 주장과 현직에서 일하는 여성의 증거가 딸려 있는 주장 중 뭘 믿을까요?"

노형진은 씩 웃었다.

그렇게 된다면 자연스럽게 인터넷은 방어할 수 있게 되는 것이다.

⚖

방탄수는 당황했다.

갑자기 인터넷에서 자신들에게 불리한 말이 터져 나왔다.

어떻게 해서든 성차별을 하는 기업이라고 주장하고 있었는데 갑자기 거기에 다니는 사람이라면서 반대 증거를 들이미는 이들이 나타났던 것이다.

월급 명세서나 복지시설의 사진을 찍어서 올리는 등 증거가 명확한 반박이 올라오기 시작하자 네티즌들은 전과 다르게 더 이상 자신들에게 호응하지 않았다.

"아니, 씨발. 뭐야? 왜 이래?"

지금까지 이런 일은 없었기 때문에 방탄수는 당황했다.

이런 일을 겪어 본 적이 없으니 대응 방법도 모를 수밖에 없었다.

"젠장…… 이 새끼들아! 일도 제대로 안 하고 뭐 하는 거야!"

"하지만……."

"씨발, 하지만이고 뭐고 어쩔 거냐고! 너희들이 제대로 선동을 안 하니까 이런 일이 벌어지는 거 아냐!"

프락치들을 보면서 방탄수는 길길이 화를 냈다.

"저희도 이런 경우는 처음인지라……."

갑자기 자신들에게 적대적으로 변하는 상황에서 어떻게 해결을 하란 말인가?

선동이라는 것도 상대방이 들어 줄 생각이 있을 때나 먹히는 법이다.

그런데 자신들에게 명백하게 적대적인 상황이니 들어 주려고 하지도 않는다.

애초에 같은 자리에 있는 것 자체를 싫어하고, 접근만 해도 싫은 티를 팍팍 내면서 가 버리는데 무슨 선동을 하란 말인가?

"아, 씨발……. 어쩌지? 들어간 돈이 있는데 손 털어야 하나?"

방탄수로서는 도무지 방법이 보이지 않았다.

사실 그동안 상대했던 모든 기업들은 기업 차원에서만 대응하려고 했다. 그러니 대부분의 경우 인터넷 여론에 굴복해서 자신들에게 숙이고 들어올 수밖에 없었다.

하지만 직원들이 자신들에게 대응한 적은 없었기 때문에 어떻게 해야 할지 알 수가 없었다.

"수적으로도 밀리고, 질적으로도 밀리고."

사무실에서는 세 명 정도 되는 사람이 매일같이 인터넷에 글을 올리면서 여론을 몰아 갔다. 그러나 저쪽 직원들은 천 단위가 훌쩍 넘는다.

그들이 나서서 진실을 이야기하기 시작하자 증거도 딸려 있지 않은 자신들의 글은 묻히기 시작했다.

사람을 동원해서 선동하는 거라고 몰아붙였지만, 그에 대해서 자신의 신분증을 찍어서 올리는 것으로 현직 근무자라는 사실을 입증해 버리자 선동이 아니라 진실이 되어 버렸다.

"아무래도 불안한데 손 털죠."

"뭐?"

"여기서 이러다가는 다 잃게 생겼습니다. 저쪽에서 줄 것 같지도 않고."

"씨발, 장난해? 들어간 돈이 얼만데!"

프락치를 심기 위해서 담당자에게 준 뇌물도 뇌물이거니와 그동안 들어간 돈도 적지 않다.

그런데 한 푼도 뽑지 못하고 나온다?

"그럴 수는 없지. 더군다나 여기서 물러나면 이 바닥에서 우리 입장이 어떻게 돼?"

"음……."

그들은 여성운동이라는 가면을 쓰고 활동해 왔다. 그런데 여기서 물러나면?

다른 곳에서 무시하면서 그들과 교류를 하지 않을 것이다.

물론 그건 두렵지 않다.

어차피 대부분의 여성운동 단체들은 그들에 대해서 알고 있고, 그래서 교류를 안 하니까.

"하지만 지원금이 끊어진단 말이다."

"으음……."

입으로는 여성 혐오 기업이라고 잔뜩 떠벌려 놨는데 거기에서 도망친다?

당연히 지금까지 지원하던 곳에서는 지원을 끊으려고 할 것이다.

들어간 돈도 돈이지만 그 피해는 장기적이고 또 치명적이다.

"어떻게 해서든 상황을 반전시켜야 하는데."

문제는 그럴 마땅한 수단이 없다는 것.

그런데 그 말을 듣던 프락치 중 한 명이 손을 들었다.

"저기, 소송은 어때요?"

"응?"

"소송 말이에요. 결국은 인터넷에 올라오는 건 자기 주장이잖아요? 소송해서 이기면 유리하지 않겠어요?"

"소송이라……. 오! 그 방법이 있지!"

소송은 당사자만 할 수 있는 일이기는 하다.

하지만 지금 상황에서는 당사자가 될 수 있는 사람들이 있다. 당장 입사해 있는 프락치들도 있고, 거기에서 속아 넘어온 멍청한 여자들도 있다.

"어차피 우리는 얼마 후면 잘려요. 아시죠?"

"알지. 감원할 때 너희를 먼저 자르려고 하겠지."

"그러니까 소송을 먼저 걸어 버리죠."

"음……."

방법은 많다.

일단 소송을 걸어 버리고 그걸 언론에 대차게 뿌린다. 그 후에 협상을 하는 것도 방법이다.

"우리나라 언론들 아시잖아요."

"그렇지."

처음에 이런 사건에 관련되어서 소송을 걸면 이슈화가 된다. 그러나 기업이 이기는 경우 그것에 대해서 기사화하는 언론은 극히 드물다.

그다지 이슈가 되지 않는 데다가, 기업이 이기는 것을 국민들이 그다지 관심을 가지지 않기 때문이다.

대부분의 경우 국민들은 을의 입장이라서 갑인 기업이 을인 사람들을 대상으로 이기는 것을 좋아하지 않는다.

더군다나 기업은 돈이 있는 집단이다. 그러니 이기는 게 그다지 신기한 건 아니다.

"좋은 방법이네."

방탄수는 히죽 웃었다.

안 그래도 기존에 쓰던 방법 말고도 다른 방법이 필요했다. 지금까지는 쓰던 것과는 완전히 다른 방법으로 말이다.

"뭐, 진다고 해도 대부분 그런 경우는 기업이 로비했다고 생각하니까요."

"그래, 그렇지."

결과적으로 자신들은 손해 보는 게 없다.

도리어 열심히 일하다가 기업의 로비에 패한 것으로 보일 것이다.

'그리고 언론에 뿌린다는 것도 상당히 좋은 방법이지.'

언론에 자주 노출되는 사회단체일수록 당연히 지원금도 많아진다.

"그래서 이야기가 된 거야?"

"이야기해 봐야지요."

"당장 이야기해 봐. 너 혹시 아는 변호사 있냐?"

소장을 받은 문성준은 얼굴이 그다지 좋지 않았다.

거기에 적혀 있는 스무 명의 이름.

그중 열 명 정도가 프락치다.

문제는 나머지 열 명이다. 그들은 프락치들과 동조해서 함께 소송을 한 것이다.

"도대체 왜……?"

"그게 그들의 선택입니다."

그들이 프락치에게 속았는지 어쨌는지는 알 수 없다.

그러나 소송을 이야기하는 것은 전혀 다른 일이다. 회사를 적대하겠다는 명백한 의사표시.

이쯤 되면 속아서 휘둘리는 단계를 지나서 적극적으로 나서는 단계다.

"듣기로는 그들과 뭉쳐서 다니는 게 스무 명이 좀 넘는다고 하더군요."

"네."

"그중 열 명 정도는 소송을 포기했지요. 그들도 휘둘린 것인지는 모르지만, 현실을 인정한 겁니다, 일단 자기네 회사에는 여성 차별이 최소한 심하지는 않다고. 하지만 이들은 아니지요."

철저하게 보고 싶은 것만 보며, 일종의 세뇌 상태에 들어간 것이다. 그리고 그 때문에 회사를 적대하는 것이고.

"이쯤 되면 할 수 있는 것은 잘라 내는 것뿐입니다."

"이들은 속은 건데요?"

"그게 성인의 책임입니다. 속든 뭘 하든, 그건 자신이 선택해야 하지요. 하물며 소송을 한다는 것은 기업과 척을 진다는 것을 뜻합니다."

자신이 다니던 기업이다. 그런 곳을 적대시한다?

그건 불이익을 감수하겠다는 뜻이다.

"현실을 아세요. 이상주의자인 것은 알고 있지만, 착한 마음만으로는 이상을 실현하지 못합니다."

노형진의 말에 문성준은 아무런 대꾸도 하지 못한 채로 고개를 숙였다.

맞는 말이다.

세상을 바꾸고자 정치에 투신했다. 하지만 이상만으로는 아무것도 할 수가 없었다.

"저쪽에서 칼로 찌르려고 하면 팔을 부러트리든 다리를 부러트리든, 일단 제압하고 신고해서 처벌받게 해야 합니다."

그냥 말로 설득해서 칼을 내려놓게 할 수는 없다.

그나마 잠깐 무슨 사정이 있어서 그런 거라면 가능할지도 모르지만 진짜로 미친놈이라면?

그냥 아무나 하나 죽이고 싶어서 칼 들고 나온 묻지 마 살인이라면?

"구제는 나중에 해 줘도 됩니다. 최소한 지금은 아닙니다."

문성준은 고개를 끄덕거렸다.

"알겠습니다. 말씀하신 대로 하지요."

똥을 치우기 위해서는 스스로에게 똥을 묻혀야 한다. 노형진이 자주 하는 말이었다.

그리고 문성준은 바로 지금이 자신이 그렇게 바뀌어야 할 때라고 직감적으로 느끼고 있었다.

⚖

"아주 기가 막히게 몰려왔구만."

방탄수가 불러온 수많은 기자들. 그들은 웅성거리면서 입구에 모여 있었다.

여성 차별을 이유로 소송을 건 사건은 많지 않다. 대부분의 여성들은 그 경우 그냥 참거나 숨어 버리기 때문이다.

그러니 이런 경우에 기자들이 많이 오기는 한다.

그러나 그걸 감안한다고 해도 그 숫자는 너무나 많았다.

"거의 일전의 그 사건만큼이나 많이 오는데요?"

문성준은 사람들을 보면서 눈을 찌푸렸다.

전에 그 사건이라 하면 범죄자의 얼굴을 공개했던 '진상을 만나다'라는 프로그램에 관한 사건.

언론의자유에 관한 재판 때만큼이나 많아 보였다.

"얼핏 보기에는 그렇지요."

"네?"

"자세하게 보세요. 이제 언론인이니 알아차리셔야지요."

문성준은 기자들을 바라보았다.

그런데 뭐가 다른 건지, 그다지 알 수가 없었다.

"잘 모르겠는데요."

"사람이 아니라 장비를 봐야지요."

"장비?"

"네."

"장비가 없는데요?"

"제 말이 그겁니다."

"네?"

"방송 장비가 있거나 유명한 곳에서 왔나요?"

"아!"

상당한 사람이 몰려오기는 했지만 대부분은 신문사들이다. 특히나 규모가 작은 인터넷 언론사에서 많이 왔다.

그러니 과거에 비교하면 양은 비슷할지 몰라도 질은 확실히 부족한 셈.

"어째서 이런 거죠?"

"메이저에서 다루기에는 의미가 없는 건덕지라는 거죠. 하지만 저런 곳들은 일단 기사화시킬 수 있으면 오는 편이니까."

"그걸 감안하더라도 너무 많은데요."

"뇌물 안 주시잖아요."

"그게 무슨 관계가……?"

말을 하려고 하던 문성준은 입을 다물었다.

뇌물을 주지 않는다. 그게 뜻하는 것은 하나뿐.

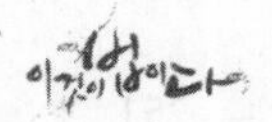

"위에서 뭐라고 말이 나왔단 말인가요?"

"정치인들은 이런 기회를 놓치지 않죠."

"끄으응……."

"어차피 알아야 하는 정치입니다. 정치인이 될 거라면서요."

"하지만……."

"아는 것과 행하지 않는 것은 다릅니다. 알아야 대비를 하지요. 설령 하지는 않는다고 해도."

행선양행은 뇌물을 주지 않는 기업으로 유명하다. 그리고 깨끗한 운영으로도 유명하다.

그러니 정치인들은 언제 한번 기회를 노려서 혼을 내 줄 생각을 하고 있었을 것이다.

"그게 오늘인 겁니다."

정보를 습득한 그들이 언론사에 압력을 행사해서 기자들을 보낸 것이다.

"같은 언론인인데……."

"언론인은 문성준 씨이지, 행선양행이 아니에요. 그리고 언론에 자기편이 어디 있습니까? 그게 잘못된 겁니다. 진실이면 무조건 써야지."

"끄응……."

"걱정하지 마세요. 우려하시는 일은 생기지 않을 테니까."

노형진은 씨익 웃으면서 재판정으로 들어갔다.

그리고 재판이 시작되자 기자들은 취재를 시작했다.

"친애하는 재판장님, 피고들은 21세기에 바른 기업의 이미지를 뒤집어쓴 채 여성을 희롱하고 착취하는 문화를 가지고 있습니다."

상대방 변호사의 말을 열심히 적고 있는 기자들.

노형진은 그들을 보면서 피식 웃었다.

안 봐도 뻔하다. 여기서 자신들이 무슨 말을 하든 저들은 자신들의 말만 빼고 언론에 내보낼 테니, 자신들은 순식간에 나쁜 놈이 될 것이다.

"불안하네요."

"불안할 게 뭐가 있습니까?"

"하지만 언론이라는 게……."

언론에 나가는 것과 인터넷에 떠벌리는 것은 느낌이 다르다.

인터넷에서 떠드는 것은 가능성은 높지만 확정적인 것은 아니다. 실제로 인터넷에 떠도는 말을 조사해 보니 전혀 반대인 경우도 적지 않았다.

하지만 언론은 다르다.

언론은 일단 한번 검증한다고 생각하기 때문에 사람들은 언론의 말은 그대로 믿는 성향이 있다.

"걱정하지 마세요. 절대로 저들이 원하는 대로 나가지 않을 테니."

노형진은 그렇게 말하면서 여성에 대한 불이익을 주장하는 변호사를 바라보았다.

"이 통계를 봐 주시기 바랍니다. 여성 평균 임금 금액이 남성에 비해서 80%입니다. 명백하게 여자라는 이유로 임금적 차별을 받고 있다는 뜻입니다. 또한 근무하는 여성이 결혼하면 강제로 보직을 변경시켜서 판매직으로 내몰아 자연스럽게 그만두도록 유도했습니다. 이는 명백하게 성차별적 행동입니다."

흔하게 말하는 주장이다.

여성이 남성에 비해 임금을 차별받는다는 주장.

물론 그 이면은 보지 않는 주장이다.

"피고 측 변호인, 변론하세요."

"재판장님, 원고 측이 주장하는 여성에 대한 차별은 존재하지도 않고 존재할 수도 없습니다. 피고 행선양행은 여성에 대한 복지가 좋기로 유명한 곳입니다."

"그건 그저 겉으로만 보이는 모습이지요."

"저 아직 변론 안 끝났습니다."

상대방 변호사는 움찔했다.

"그리고 겉으로 보는 모습이라고 하는데, 내면을 한번 볼까요? 원고 측은 피고가 결혼한 여성을 부서 이동시키는 게 성차별이라고 하는데요."

노형진은 미리 준비된 연구 서류를 꺼내 들었다.

"이 서류들을 증거로 제출합니다."

"이게 뭡니까?"

"공장 내부에 있는 공기의 성분 검사 및 점검 결과입니다. 총 세 곳의 연구소를 통해서 했습니다."

"그런데요?"

"이 서류에 따르면 회사 내부에 있는 공장의 공기 중에서 여러 가지 화학 성분이 검출되었습니다. 주로 제조되고 있는 약에 들어가는 휘발 성분입니다. 생산 후 포장되는 그 짧은 시간에 적지 않은 양이 휘발되니까요."

"흠……."

그걸 보고 판사는 고개를 갸웃했다.

"이게 무슨 의미가 있다는 거지요?"

"그 의미는 이 근무복을 봐 주시면 알 수 있습니다. 회사의 규정에 따른 근무복입니다. 표준 규정이며, 입지 않으면 공장 내부에 들어갈 수 없습니다."

"그거야 약의 오염을 막기 위해서 그런 거 아닙니까?"

"그것도 목적이지만 반대 목적도 있습니다. 필요 이상의 성분이 근무자의 몸에 들어가는 것을 막기 위해서입니다. 규정에 따르면 결혼한 여성은 일단 동의를 얻어서 근무지를 옮기도록 되어 있습니다. 결혼한 여성이 임신하는 경우 공기 중의 성분이 여성과 아이에게 피해를 줄 수 있다는 것이 공식적인 입장입니다."

"음……."

판사는 다시 수치를 확인했다.

분명히 안전 수치 내의 기준을 지키고 있다고 하지만, 그건 어디까지나 성인을 기준으로 한 수치.

"판사님도 자녀가 있으시지요? 자녀를 가졌을 때 사모님께서 아무 약이나 다 드시던가요?"

"그러지는 않았지요."

그때를 생각하면서 판사는 고개를 저었다.

아내가 임신을 했을 때 사고로 다리가 부러졌는데, 그녀는 아이에게 문제가 생길지도 모른다면서 항생제도, 진통제도 안먹고 몇 달을 통으로 버텼다.

"감기약 하나, 두통약 하나도 조심하는 게 산모입니다. 설문 조사에 따르면 임신 사실을 모른 상태에서 약을 먹었는데 임신 사실을 안 경우, 상당수 어머니들이 상당한 죄책감을 느낀다고 합니다. 심지어 아이가 잘못될까 봐 염색도, 파마도 안 하는 게 어머니들입니다. 그런데 그러한 사람들을 공기 중에 화학 성분이 떠다니는 공장 내부에 배치하는 것이 좋다고 생각하십니까? 아무리 인체에 대한 안전성이 검증되었다고 하나 그건 어디까지나 성인 또는 출생한 인간을 기준으로 한 것이지, 태아에 대해서는 연구된 적이 없는 약들입니다."

"음……."

확실히 그렇다.

그런 상황이라면 임신했거나 임신 가능성이 있는 여성의

경우에는 근무를 바꾸는 것이 더 중요하다.

"하지만 이직률을 보십시오. 말로는 동의를 얻는다고 하지만 그 새로운 보직으로 이동하는 사람이 95%입니다. 상식적으로 강제성이 없다면 그런 보직 이동률이 나올 수가 없지요."

상대방 변호사의 공격.

물론 일반적으로는 그렇다. 일반적으로는.

하지만 그건 어디까지나 일반론일 뿐이다.

"재판장님, 여기 동의서를 봐 주시기 바랍니다. 이건 보직 변경 동의서입니다. 그걸 받고 보직을 이동하지요."

"그런데요?"

"이 보직 변경서에 따르면 공장 근무의 경우 화학물질의 노출로 인해서 태아의 기형이나 유전적 손상, 지능 저하, 또는 사산 등의 가능성이 있으므로 보직을 변경하고자 합니다라고 되어 있습니다. 과연 어머니들이 이걸 보고 '설마.'라면서 버틸까요? 아니면 혹시나 하는 생각에 이동할까요?"

"음……."

정상적인 부모라면 당연히 이동하려고 할 것이다.

가능성의 문제일 뿐이지만, 일말의 가능성뿐이라도 자기 자식을 노출시키고 싶은 부모가 어디 있단 말인가?

"그게 바로 협박이라는 겁니다."

"협박의 정의 모르세요? 협박이란 그걸 통해서 이익을 편취하기 위해서 하는 겁니다. 그런데 기업에서 이익을 얻을

게 뭐가 있다고 협박합니까? 도리어 숫자를 맞춰서 새로 일을 가르치려면 보직 이동시키고 업무가 더 많아지는데."

"어차피 안전이 검증된 성분들이 아닙니까!"

"'안전이 검증된'이라."

노형진은 피식 웃었다.

물론 맞는 말이다. 약에 쓰는 모든 물건은 안전이 검증되지 않으면 쓸 수가 없다.

"그 말은 어디서 들은 것 같습니다만."

"뭐라고요?"

"지금 한창 시끄러운 가습기 사건 아십니까?"

상대방 변호사는 숨이 턱 막혔다.

가습기 사건.

안전이 검증되었다고 주장하는 가습기의 살균제들. 그로 인해서 수백 명이 죽어 나가고 있는 사건.

"그 성분들도 안전이 검증된 성분 아니던가요, 공산품으로는?"

"그, 그거야 그런데……."

"그런데 왜 이런 사달이 날까요?"

"……."

"바로 사용법이 다르기 때문입니다. 그 성분이 안전이 검증된 것은 일반적으로 공산품으로 허가가 난 거지, 증기로 흡입하는 형태로 허가가 나지는 않았습니다. 하지만 가습기

살균제는 증기로 흡입하는 형태로 판매되었지요. 그 작은 차이가 극독이 된 겁니다. 하물며 지금 공기 중에 부유하는 물질 대부분은 구강 섭취를 기준으로 판단된 겁니다. 그러니 그런 위험성을 감안해야 하지 않을까요?"

상대방 변호사는 입이 턱 막혔다.

노형진의 말에 분위기가 그쪽으로 넘어갔기 때문이다.

"피고 측에서 한 행동은 기형 등의 문제로부터 산모와 아이를 보호하기 위한 방법이었습니다. 그건 틀림이 아니라 다름을 인정하는 방식이고, 절대로 성차별의 영역에 들어갈 것이 아닙니다. 거기에다 판매직이 마음에 안 드는 경우 출산 휴가를 거쳐서 육아휴직이 끝나면 다시 공장으로 받아 주기까지 했습니다만. 이게 성차별인가요?"

물론 그곳에서 여성만 일한다면 성차별이 문제가 되겠지만 여성뿐만 아니라 적지 않은 남성도 일하고 있다.

그러니 그 건도 성차별이 될 수는 없다.

"그것 말고도 성차별적 요소는 많습니다. 아까 말씀드렸다시피 평균 임금의 80% 정도밖에 받지 못하는 것도 사실이지 않습니까?"

"공식적으로는 그렇지요."

"거봐요!"

"그런데 그것에 맞는 근무표가 어디 있습니까?"

"뭐라고요?"

"원고 측이 내놓은 것은 임금을 얼마를 받고 있다는 임금표입니다. 그런데 그에 맞는 근무표는요?"

"근무표?"

"그렇습니다. 행선양행은 타 기업에 비해서 여성 근무자의 비율이 높은 편입니다. 증거로 취업자들에 대한 성비 기록을 제출합니다."

"그런데요?"

"어떤 기업이든 야근이나 잔업이라는 게 있습니다. 가끔은 당직이라는 것도 있지요. 그런데 그 근무 기록은 어디 있습니까?"

"전 보지 못했습니다."

"그래요? 그러면 보시면 되겠네요."

노형진은 마치 예상이라도 한 것처럼 근무 기록을 내밀었다.

"이 근무 기록에 따르면 평균적으로 남성이 여성보다 20% 정도 더 많은 근무시간을 가지고 있습니다. 주요 사유는 야근 또는 새벽 배송이나 긴급 물량 생산 등이지요. 20% 더 적은 월급, 20% 더 많은 근무시간. 묘하게 똑같지 않습니까?"

누군가는 남아서 일을 해야만 하는 경우가 있다. 그런데 여성들이 그러는 경우는 드물다.

그러면 대부분의 경우 남성들이 하게 되어 있다.

"근무시간이나 배치된 부서의 판단도 없이 단순히 월급이 더 많으니까 성차별이라는 논리는 도대체 어디서 나오는 건가요?”

“크음…….”

변호사는 눈을 슬쩍 돌렸다.

‘뭐, 뻔하지.’

저런 논리는 성차별 주의자가 많이 주장하는 논리다.

남성 차별 주의자가 아니라, 반대로 여성 성차별 주의자들 말이다.

여자는 언제나 남자보다 손해를 보고 또 피해를 입는다고 주장하는 그들은 통계를 가지고 장난을 치는 게 대표적인 예가, 지금처럼 임금이 적으니까 성차별을 받는다는 것이다.

근무시간이 왜 다른지, 평균 근속 연수가 얼마나 다른지, 부서가 얼마나 다른지는 감안하지 않는다. 그냥 월급이 적으니 차별이라는 것이다.

하지만 상식적으로 부장과 과장과 대리와 신입사원이 월급이 같을 수가 없다.

그러나 그런 것은 다 무시하고 딱 잘라서 남자는 많고 여자는 적다는 식으로 하는 것이 바로 통계의 함정이다.

“성차별은 그것만이 아닙니다. 대표적인 예가 바로 임원의 숫자입니다.”

“임원?”

“그렇습니다. 이 목록을 보십시오. 피고의 회사의 임원 중 여성의 비율은 15%밖에 되지 않습니다. 이는 명백하게 차별입니다.”

‘참 가지가지 한다.’

노형진은 머리를 절레절레 흔들었다.

절대 평등주의자들은 무조건 비율이 맞아야 한다고 생각한다. 그러나 그건 말도 안 되는 소리다.

기업에서 임원이 되기 위해서는 해당되는 조건이 있다. 그걸 맞추지도 않고 절대 비율이라니.

“재판장님, 이건 과거의 잔재입니다.”

“과거의 잔재?”

“그렇습니다. 부장급 이상 임원의 평균 근속 연수는 25년입니다. 그러니까 보통 25년 동안 근무하면 부장까지 올라갈 수 있다는 뜻입니다. 그리고 현재 25년간 근무한 근무자들의 목록을 봐 주시기 바랍니다. 남성 근무자가 여성 근무자에 비해서 훨씬 많습니다.”

“음…….”

“과거에 남녀 차별이 있었다는 것은 인정합니다. 그로 인한 차별의 영향이 지금까지 있다는 것도 인정합니다. 하지만 지금의 규칙을 지킨다는 이유 하나만으로 자격 미달의, 검증받지 않은 사람에게 자리를 주는 것은 위험한 행동입니다. 도리어 저는 근속 연수 10년 이하 근무자들에 집중할 필요가 있다고 생각합니다.”

노형진은 그렇게 말하면서 자료를 건넸다.

“이 기록에 따르면 10년 이상 근무하는 여성의 비율은 대략 25% 정도입니다. 그리고 10년을 근무하면 보통 과장의 직위에 올라갑니다. 그리고 현재 행선양행의 과장 중 20%가 여성입니다. 여성 중 상당수가 육아휴직 또는 출산휴가로 인해서 대략 2년 정도의 공백기가 있다는 점을 감안했을 때, 근무시간만을 기준으로 따지면 정상적인 비율로 승진이 이루어지고 있다는 뜻입니다.”

“말도 안 됩니다! 고작 20%인데!”

“근무 부서의 역할에 집중하세요. 공장에서 일하던 분이 승진한다고 해서 갑자기 총무부로 이동하는 건 아니지 않습니까?”

“음…….”

맞는 말이다.

현재 공장을 운영하는 기업의 특성상 상당수 근무자들, 특히 여성 근무자들은 공장에서 일하고 있다.

“위로 올라갈수록 그 책임이 무거워지는 겁니다. 그런데 이제 연차가 찼다고 전혀 해 본 적도 없는 일에 승진시켜서 박아 넣는다? 그걸 낙하산이라고 합니다. 그리고 그게 기업을 망치는 가장 큰 일이지요. 공장이든 사무직이든 판매직이든 그 부서에 한정해서 전문적 특성을 감안하면 비율은 대략 20%에서 25%이고, 근무 연수와 휴직 기간을 감안하면 정상적인 범위 내에서의 비율을 가지고 있습니다. 안 그런가요?”

"다른 기업들을 보면……."

"그런 다른 기업 문제지요. 다른 기업들에 성차별 없다고 했습니까? 있어요. 인정합니다. 그러면 그런 기업에 싸움을 걸지, 왜 멀쩡한 기업에 싸움을 겁니까?"

"……."

변호사는 어쩔 줄 모르고 입을 다물 수밖에 없었다.

'그럴 줄 알았다.'

애초에 저쪽에서는 이쪽에서 성차별을 했다는 증거가 없다. 그랬다면 이미 나왔어야 한다.

그럼에도 불구하고 소송을 건 까닭은 간단하다.

언론의 특징을 이용해서 협상에서 유리한 고지를 차지하겠다는 것.

'누구 마음대로.'

노형진은 피식 웃으면서 문성준을 바라보았다.

그는 불안한 표정이었지만 그렇다고 두려워하지는 않았다.

그에 반해서 문제의 원흉인 방탄수는 뒤에 숨어서 이를 박박 갈고 있는 게 보였다.

그는 얼굴을 감추고 뒤에서 암약한다고 생각하고 있겠지만, 그의 정보를 캐내는 것은 그다지 어려운 일이 아니었다.

'반격은 지금부터다.'

노형진은 피식 웃으면서 판사에게 다가갔다.

"재판장님, 증인을 신청하고자 합니다."

"증인?"

"네."

"누구입니까?"

보통은 사전에 이야기가 되어 있어야 하는데 그 이야기가 되어 있지 않기 때문에 판사는 되물을 수밖에 없었다.

"향수림이라고, 회사 근무자입니다."

"그런데 왜 증인 신청을 안 했지요?"

"신변 보호를 위해서입니다."

"음……."

판사는 잠깐 고민했다.

하지만 현장에서 증인을 신청하는 게 없는 경우도 아니고, 상대방이 동의한다면 문제 될 것은 없다.

"원고 측 변호인, 괜찮습니까?"

"네? 상관없습니다."

도리어 그는 속으로 미소를 지었다.

'멍청하긴.'

향수림은 자신들이 심은 프락치다. 당연히 자신들에게 유리한 말을 해 줄 것이다.

"좋습니다. 증인, 앞으로 나와 주세요."

앞으로 나온 향수림은 증인 선서를 하고 자리에 앉았다.

노형진은 그 앞에 가서 그녀를 바라보았다.

"증인, 진실을 이야기할 준비는 되었습니까?"

"네, 진실을 이야기하겠습니다."
"좋습니다. 그러면 단도직입적으로 묻겠습니다. 행선양행에 성차별이 있습니까, 없습니까?"
노형진의 정확한 질문.
향수림은 조심스럽게 입을 열었다.
"여성운동을 하는 제 입장에서 분명히 성차별은 존재합니다."
'역시!'
'나이스!'
상대방 변호사와 방탄수는 속으로 환호를 질렀다.
애초에 이쪽 사람이니 당연히 있다고 할 수밖에 없었다.
'하지만 한국말은 끝까지 들어 봐야지.'
노형진은 그렇게 말하면서 피식하고 비웃음을 날렸다.
"그래요? 심한가요?"
"다른 곳을 기준으로 판단할 때, 전혀 심하지 않습니다."
"어?"
향수림의 말에 두 사람은 환호하다가 멈칫했다. 그리고 멍하게 그녀를 바라보았다.
"그 말은 무슨 뜻이지요?"
"여성운동가로서 부족한 부분이 보이고 성적 차별의 부분이 보이기는 하지만, 다른 기업에 비해서는 상당히 안정적이며 또한 약합니다."
"그 말은, 이곳이 성차별로 인해서 고소나 고발을 당할 정도의 업체는 아니라는 건가요?"

"그렇습니다."

"자, 잠깐!"

"그게 무슨 말이야!"

갑작스러운 향수림의 말에 벌떡 일어나는 두 사람.

노형진은 그들을 보면서 접근을 막아 버렸다.

"증인에 대한 심문이 아직 안 끝났습니다."

"인정합니다. 고소인 측 변호인, 조용하세요. 만일 다시 한번 심문을 방해하면 법정 모독으로 체포하겠습니다."

"으으으."

일이 틀어지고 있다는 것을 알아차린 방탄수는 눈을 사방으로 굴리기 시작했지만 이미 증언은 시작된 후였다.

"그런데 왜 행선양행이 성차별 기업으로 특정되어서 공격을 받았지요?"

"행선기업은 정치권에 선이 닿아 있지 않은 기업입니다. 그래서 사회적인 공격을 받아도 보호해 주는 정치인이 없습니다. 그걸 이용하여 돈을 받아 낼 목적이었습니다."

"이게 무슨 소리야?"

"돈이라니?"

기자들이 웅성거리기 시작했다.

자신들이 듣고 온 내용과는 전혀 관련이 없는 내용이 증언으로 나왔기 때문이다.

"애초에 여성운동은 목적이 아니었습니다. 불리한 상황을 이용해서 돈을 뜯어내는 것이 목적이었지요. 인터넷에서 퍼졌던 모든 협박이나 헛소문은 그걸 목적으로 만들어 낸 가짜입니다."

"거짓말!"

방탄수는 소리를 지르면서 일어났다.

그럴 수밖에 없는 게, 이 모든 게 드러나면 자신의 인생은 끝장이다. 더군다나 기자들이 몰려 있는 상황에서는…….

'기자들…… 아차!'

방탄수는 아차 하는 표정으로 향수림을 바라보았다.

맨 처음 소송을 하자고 한 것도 향수림이었다. 그리고 변호사를 데리고 온 것도 향수림이었고.

그리고…….

'당했다.'

그는 앞에 나가서 웃고 있는 노형진을 보면서 소름이 쫙 돋았다.

'내가 바보인 줄 아나, 후후후.'

노형진은 차가운 눈으로 방탄수를 바라보았다.

애초에 향수림이 프락치인 것은 알고 있었다. 알 수밖에 없었다.

그럼에도 불구하고 그녀를 부른 이유는 간단하다.

'내부에서 분란을 일으키는 게 너희만 가능한 건 아니지.'

돈을 얼마나 뜯어낼 수 있는지 모르지만 프락치 짓을 하고 향수림이 가지고 갈 수 있는 돈은 그다지 많지 않다.

더군다나 그들은 회사 내부에서 일해 봤으니 회사가 얼마나 좋은지 직접 몸으로 느낀 사람들이다.

도리어 프락치 노릇을 하러 많은 곳에 가 본 경험이 있으니 근무 조건이 좋은 행선양행이 더욱 마음에 들 수밖에 없다.

'그런 상황에서 배신자가 과연 생기지 않을까?'

노형진의 능력이면 그들 중 그런 행동에 회의감을 가지는 사람을 찾아내는 것은 어려운 일이 아니었고, 그들을 설득해서 진실을 증언하게 하는 것 또한 그다지 어려운 게 아니었다.

그들의 입장에서도 언제 돈이 들어올지 모르고 위법하며 힘든 일보다는 차라리 안정적으로 일을 할 수 있는 기회를 선호하기 마련이다.

'애초에 너는 내 손아귀에서 놀아나고 있었어.'

노형진은 방탄수를 힐끗 바라보면서 피식하고 웃은 다음 다시 고개를 돌렸다.

상대방을 이기기 위해서는 무조건 적대만 해서는 안 된다. 물론 무조건 받아들여도 안 된다.

어차피 정치판에서, 그리고 이런 싸움에서 인간은 카드일 뿐이다.

그걸 빼앗아 올 수 있다면, 그리고 이용할 수 있다면 된다.

'애초에 너희들이 프락치질을 하고 있다고 생각했겠지.'

하지만 상황은 정반대였다. 엄밀하게 말하면 노형진이 역스파이 공작을 짠 셈이다.

"그렇군요. 돈이 목적이군요. 그런데 본인은 그걸 어떻게 압니까?"

"전 그들의 부탁을 받고 내부에서 혼란을 야기시킬 목적으로 그곳에 위장 취업했으니까요."

"그러니까 일종의 스파이죠?"

"네."

"여러 명인가요?"

"저를 포함해서 열 명 정도 있다고 들었습니다."

"그렇군요."

실제로 사회운동을 할 때 위장 취업은 흔하게 사용되는 방식 중 하나다. 특히 노조 운동은 더더욱 그렇다.

다만 이번에는 돈을 위해서 그랬다는 게 문제일 뿐.

"그들의 이름이 뭐지요?"

"그들의 이름은……."

이름이 나오자 방탄수는 와들와들 떨리기 시작했다.

이건 빼도 박도 못하게 생겼기 때문이다.

"그러면 이런 식으로 돈을 뜯어낸 기업이 더 있겠네요?"

"더 있습니다. 제가 들어온 이후에도 다섯 곳 정도 되는 것으로 알고 있습니다."

"그들은 어디지요?"

그 말을 하고 고개를 돌려 보니 방탄수는 휘청거리면서 바깥으로 나가고 있었고, 변호사는 어쩔 줄 몰라 하고 있었다.

이런 사건인 줄은 몰랐을 테니까.

'그래서 내가 특별히 무능력한 변호사를 추천해 줬지, 후후후.'

변호사라고 해서 다 유능한 건 아니다. 노형진이 아는 한 저쪽 변호사는 상당히 무능력하다.

애초에 그가 제대로 변론을 준비했다면 말도 안 되는 수치 장난을 하지는 않았을 것이다.

그러나 그는 제대로 준비도 안 했고, 그냥 인터넷에서 수치 장난한 것을 가지고 온 것이다. 그러니 제대로 공격이 될 리 없지 않은가?

"증인, 더 할 말은 없습니까?"

"전 더 이상 양심을 속이고 싶지 않아서 여기에 나왔습니다. 제 진실을 입증하기 위해서 입출금 내역도 뽑아 왔습니다. 방탄수에게 받은 돈이 거기에 표시가 되어 있을 것입니다."

그녀의 양심선언 이후에 기자들의 눈에서는 꺼져 있던 불빛이 활활 타오르기 시작했다.

그리고 변호사는 비척거리면서 힘들게 일어났다.

그가 할 수 있는 말은 하나뿐이었다.

"파…… 판사님, 정회를 요청합니다."

⚖

"제대로 놀아났네요."

문성준은 히죽웃었다.

프락치들 중 한 명의 양심선언에 이어 그로 인한 조사가 시작되자 기존에 피해를 입었던 기업들이 하나같이 고소했고, 그 결과 여노협과 방탄수에 대한 조사가 시작되었다.

"그런데 왜 재판까지 가게 그냥 두신 겁니까? 그냥 언론에 까발려도 되는 일을……."

문성준은 그게 이해가 가지 않았다.

모든 계획이 다 드러났고 그에 맞게 움직이기는 했다. 그런데 굳이 재판까지 가야 했던 이유가 이해가 안 갔던 것이다.

"그 녀석이 싸지른 똥 때문에요."

"네?"

"인터넷에 퍼트린 헛소문을 그냥 둘 수는 없지 않습니까?"

"아! 그건 그렇지요."

"우리가 그냥 신고했다면 아마 단심으로 끝났을 겁니다."

하지만 재판 중에 증인이 양심선언을 했다. 더군다나 방탄수는 노형진의 함정에 빠져서 기자들을 닥닥 긁어모았다.

그리고 그들은 그곳에 있던 뉴스를 그대로 기사화했다.

상당히 재미있는 사건에 재판정에서의 양심선언이라니, 이슈화될 만한 사건이 아닌가?

"인터넷에 퍼 가는 글은 끝도 없이 퍼지는 성향이 있습니다. 그들을 처벌한다고 해도 그 글은 살아남죠. 하지만 이런 식으로 언론을 통해서 터트리면 글의 생명령은 끝납니다."

누구도 그 글을 믿지 않을 것이며, 퍼트리지도 않을 것이다.

"극적으로 빵 터트려야 최대한 효과가 발휘되니까요. 그래서 재판까지 기다린 겁니다. 아니, 재판을 하게 몰아간 거죠."

"하하하."

방탄수는 애초에 처음부터 노형진의 손아귀에서 놀아나고 있었던 것이다. 그걸 알지 못하고 싸움을 걸었고 말이다.

"역시나 노 변호사님이네요."

자신들은 어떻게 조용히 해결할 수 있을까만 걱정했지, 도리어 빵 터트려서 자신들을 피해자로 꾸밀 생각은 하지도 못했다.

한국인들의 반기업적 정서는 기본적으로 기업을 가해자로 보는 성향이 있으니 말이다.

"이제 남은 건 경영 정상화뿐이지요. 안 그래도 마음고생하고 있을 테니 조속한 시일 내에 감원 취소를 알려 주시는 게 좋을 겁니다."

"글쎄요. 고민 중입니다."

"네?"

"말씀하신 대로 이상만 가지고는 갈 수 없으니까요."

"분란을 일으킨 자들 말이군요."

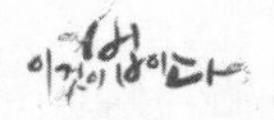

"네."
프락치들은 도망가 버렸다. 일부는 자수해 버렸고 말이다.
그러나 그들에게 속아서 함께한 사람들이 문제였다.
"후회는 하고 있지만, 이제 와서 어쩔 수는 없으니까요."
노형진은 고개를 끄덕거렸다.
"아무래도 다른 직원들과 갭이 생기겠군요."
"네. 그들을 자르는 수밖에요."
"제가 조언을 하나 해 드릴까요?"
"네?"
"격리 부서를 하나 만드세요."
"무슨 말씀이신지?"
"그들 말고도 받아들여야 하는 사람들이 또 있지 않습니까?"
"아……."
그랬다.
프락치 중에서 안정된 삶을 원해서 사실을 말한 사람들도 있다. 그들에게 약속한 것이 있으니 그들을 받아 줘야 한다.
"얼마 전까지만 해도 잘라야 한다면서요?"
"그건 최후의 방법이지요. 그런데 아무리 그래도 속인 자는 받아 주고 속은 자를 자를 수는 없지 않습니까? 형평성이 있으니까요. 우리가 이득을 위해서 물러난다고 했지, 신의를 버린다고는 안 했습니다."
"흠……."

확실히 아버지나 형님이었다면 그런 프락치들을 받아 줄 생각은 하지 않았을 것이다. 그리고 그랬다면 여전히 지루한 법적 공방을 하고 있었을 테고.

"이긴다고 해도 어차피 언론에는 안 나갑니다. 그날 기자들이 모인 건 그런 날이기 때문입니다 그래서 제가 그날 발표한 거고요. 물러날 때는 물러나지만, 또 포용할 때는 포용해야지요."

문성준은 고개를 끄덕거릴 수밖에 없었다.

"대단하네요."

"뭐가 말입니까?"

"언제나 두 수 이상은 내다보고 계시니까 말입니다."

노형진은 피식 웃으면서 말했다.

"그래서 가끔은 피곤하죠, 하하하."

웃기는 하는데, 문성준은 그 웃음이 왠지 공허하다는 느낌을 지울 수가 없었다.

홈런? 홈런이 아니라 강간이다

―여성운동을 빌미로 협박을 일삼아 온 일당이 체포되었습니다. 그들은 여성운동을 한다며 특정 기업에 대한 사회적 불안을 야기시키고 이를 빌미로 돈을 뜯어내는 형식으로 활동해 왔습니다. 일당의 두목인 방 모 씨는 현재 사건 이후 해외로 도피한 것으로 알려졌으며, 정부에서는 인터폴을 통하여 수배를 내리는 한편…….

뉴스에서는 얼마 전에 저질러진 일에 대해서 계속 나오고 있었다.

결국 그들은 체포당했다.

주범이 도망갔기 때문에 수사는 계속되고 있고, 피해자들이 속속 등장하는 상황.

"별로 좋은 상황은 아니군."

"그렇지요?"

송정한은 노형진과 함께 뉴스를 보면서 입맛을 쩝쩝 다셨다. 명백하게 참으로 안타깝다는 표정.

"아니, 왜요? 범죄자들이 잡혀 들어간 거잖아요?"

"그건 그렇지."

"그런데 좋은 상황이 왜 아니에요?"

손채림은 고개를 갸웃했다.

다른 사건을 조사하느라고 이번 사건에 끼지 못했기 때문에 도무지 이해가 가지 않았던 것이다.

"사회운동이라는 게 문제야."

"응?"

"사회운동이라는 것은 보통 국민들을 위하고 진보적인 경우가 많아. 그렇다 보니 정부에서도 손을 대기 힘들거든. 그걸 이용해서 방탄수와 그 일파가 가면을 쓴 거고."

"그런데?"

"문제는 사회운동은 대부분 반정부적이라는 거야. 좋을 수가 없지. 잘못된 걸 고치려고 하는 성향이 강하니까. 잘못된 걸 은폐하려고 하는 일반적인 정부 측 성향하고는 좀 안 맞지."

진보든 보수든, 잘못된 것을 은폐하려고 하는 성향은 정부라는 집단이 가질 수밖에 없는 한계 같은 것이다. 그리고 사회운동 단체들은 그걸 정면으로 들이받는 거고.

"그런데 이번에 그걸 이용한 범죄자가 나타났잖아? 그러면 어떻게 하겠어?"

"아…… 대충 알겠네. 호들갑 떨겠구나."

송정한은 고개를 끄덕거렸다.

"아마도 조사를 시작하려고 할 걸세."

좋게 말해서 조사지, 사실상 일종의 재갈 물리기가 시작될 것이다.

자신들에게 반대하는, 또는 우호적이지 않은 사회운동가들과 집단에 대해서 조사라는 미명하에 신상을 다 털어 내려고 할 테고, 그걸 빌미로 재갈을 물리려고 할 것이다.

"요즘 이상할 정도로 언론에서 그 문제에 대해서 떠들잖아? 그게 다 사전 작업이야."

"그런가?"

"그래. 애초에 그날 취재하러 온 곳 중에 메이저 언론사는 없었어."

분명히 그랬다. 메이저 언론사는 없이 그저 그런 녀석들이 모여들었다.

그런데 어느 순간 갑자기 메이저 언론사들이 나서서 마구 떠들기 시작했다.

"조만간 전수조사한다는 이야기가 나올 거야. 물론 전수조사 대상은 현 정부에 반대하는 사람들이겠지."

"그러면 그냥 뒀어야 하나."

송정한은 고개를 흔들었다.

"아닐세. 한번 정리하기는 해야 해."

"정리라니요?"

"자네가 몰라서 그렇지, 사회운동 단체 중에 이런 놈들 많아. 제대로 된 곳은 아무리 정부라고 해도 털어 내지 못할 거야. 하지만 이런 사기꾼들은 다 털어 낼 수 있겠지."

"아…… 정치는 복잡해서 싫다."

손채림은 고개를 절레절레 흔들었다.

아무리 생각해도 자신은 정치라는 것하고는 별로 관련이 없는 것 같았다.

"그런데 조사는 어떻게 된 거야? 이런 경우는 되게 특수한 경우인데."

"마땅한 게 없네."

손채림은 어깨를 으쓱했다.

얼마 전에 들어온 사건 하나가 문제를 일으켰다.

아무리 피해자 우선주의를 표방하는 새론이라고 해도 가해자를 아예 변론하지 않는 것은 아니다.

애초에 변호사의 목적은 공평한 법률적 서비스를 지원하기 위한 것이고, 새론의 사훈 역시 공정한 법률 서비스이니까.

"강간범은 인정했다면서?"

"그러니까."

강간범으로 잡혀 들어간 사람은 자신의 죄를 인정하고 있었다.

보통 여자가 꼬셨네 어쩌네 하면서 자신의 죄를 인정하지는 않는 강간범이 대부분인 점을 생각하면 상당히 특수한 경우다.

"결국 누군지 찾지 못한 거야?"

"뭐가 있어야지."

"끄응."

"거참, 이번 사건은 상당히 특이하군."

가해자와 피해자가 공동으로 의뢰한 사건.

상식적으로 말이 안 되는 일이지만 그들은 같이 의뢰했다.

"일단 인정을 했다는 것은 처벌을 받겠다는 거고."

"아무래도 빼도 박도 못하는 상황이니까 차라리 선처라도 노리겠다 이거지. 거기에다가 합의서를 받아야 하니까."

"그렇지."

강간은 친고죄다. 그러니 어떻게든 합의서를 받아야 처벌을 면할 수 있다.

그런 면에서 피해자를 모텔로 끌고 들어가는 가해자의 촬영 영상이 있는 이상 벗어날 수는 없다.

"머리를 잘 쓰기는 했는데."

"끄응."

사건의 개요는 흔하면서도 복잡했다.

나이트클럽에서 술에 취한 여자를 데리고 나왔다. 그리고 모텔로 직행.

남자들이 소위 홈런이라고 말하는 행동.

“의뢰인들한테는 못 할 말이지만 미친놈이야. 아니, 그게 강간이라는 거 몰라?”

“그게 강간이라고 생각하면 얼마나 좋겠어. 그런데 남자들은 그런 걸 무척 자랑스러워하거든. 그런 상황에서 안 하면 찐따라고 생각한다니까.”

“아니, 강간범보다는 찐따가 훨 낫겠다.”

“그러니까 말이야.”

술 취한 여자를 강제로 데려가서 강간하는 행위. 그건 범죄다. 절대 홈런 같은 게 아니다.

그런데 의뢰인, 아니 가해자는 그걸 했다.

“문제는 그 후인데…….”

어찌 되었건 강간을 했고, 걸렸고, 죄를 자백했다. 그리고 합의를 위해서 최선을 다하고 있다.

그것까지는 좋은데…….

“뉘 집 자식이야, 이거…….”

여자가 임신을 했다.

그런데 양수에 대한 유전자 검사 결과, 그 남자 자식이 아니다.

“이게 뭔 개 같은 경우야?”

“그러니까.”

그래서 그들이 함께 의뢰한 것이다, 범인을 잡아 달라고.

피해자 여성 측은 같은 무리가 있는 거 아니냐고 의심하고 그들을 밝힐 때까지 합의는 없다는 입장이고, 가해자 측은 그런 일은 없었다면서 범인은 전혀 다른 놈이라고 주장하고 있는 상황이다.

"이거 참 당황스러운 사건이기는 한데, 어째 우리가 흥신소 비슷하게 변하고 있는 것 같구만."

송정한은 약간 꺼림칙한 표정이었다.

자신들은 변호사지 흥신소가 아닌데 이런 조사 의뢰까지 들어오다니.

"그만큼 제대로 돌아가는 게 없으니까요. 한국에는 탐정이 없습니다. 그렇다고 흥신소에 맡기자니, 불륜 감시는 잘할지 몰라도 이런 걸 할 역량은 안 되죠."

"이런 건 경찰이……. 아니다, 기대하는 건 무리겠군."

경찰을 생각하던 송정한은 피식 웃었다.

경찰이 이런 사건을 추적해서 진범을 잡아 모든 의혹을 해소한다?

일단 해 주지도 않거니와, 해 주고 싶어도 인력이 부족하다.

"경찰에서 안 해 주니까 여기까지 온 거 아닙니까?"

처음에 범인은 경찰에 억울함을 주장했다고 한다.

그러나 그들의 말은 간단했다. 공범이 누군지 불어라.

아무리 자신에게는 공범이 없다고 해도 경찰은 처음부터

끝까지 공범을 불라는 이야기뿐이었다.

"가해자의 입장에서도 다급하겠지."

공범을 말하지 않으면 합의는 없다. 경찰도 공범을 불라고 한다.

만일 그런 상황이 되면 재판에 가서도 범죄 은닉과 은폐 혐의까지 붙어서 가중처벌받게 된다.

"그런 걸 조사해 주는 곳은 우리밖에 없으니까요."

"그거야 그렇지."

다른 변호사들은 그저 법적인 논리만 가지고 싸울 뿐 발로 뛰는 사람들이 아니다. 그러니 그쪽에서는 새론에 도움을 요청할 수밖에.

"그런데 피해자는 왜 같이 온 거야?"

"혹시나 하는 것이겠지. 이 상황에서조차 공범이 없다고 한다면 진짜로 공범이 없을 수도 있으니까."

"피해자가 합리적인 타입인가?"

"피해자가 합리적인 게 아니지. 피해자 대부분은 합리적일 여유가 없어."

그나마 합리적인 것은 피해자의 변호사였다.

그는 공범이 아예 없을 수도 있다는 사실을 망각하지 않았다.

그렇다면 한 가지 가능성이 문제가 된다. 다른 강간범이 있을 수 있다는 것.

그래서 설득을 한 것이다, 경찰에 맡겨서 처벌은 물론이고 혹시 다른 강간범이 있을 가능성도 조사하자고.

"그래도 용케 여기로 왔네."

"아, 새론에 있다가 나간 사람이거든."

"그래?"

"그래. 그러니까 우리 시스템을 아니까."

그는 새론에 있다가 다른 법무 법인으로 간 사람이다.

변호사들은 강제적으로 묶어 둘 수 있는 존재가 아니다. 그래서 옮기려고 한다면 언제든 옮길 수 있다.

"직접 발로 뛰는 타입은 아니었어."

그래서 다른 곳으로 옮기기는 했지만, 어찌 되었건 이런 식의 상황에서는 새론 방식이 훨씬 좋다는 걸 알고 있었을 것이다.

"그런데 없다고?"

"없어. 그날 행적을 아무리 추적해도 마땅한 게 없어."

"흠……."

피해자 여성의 그날 행적을 추적했다.

오전에 출근했다가 금요일이라고 오후에 나이트클럽을 갔으니 그다지 이상한 것은 없는 일상이다.

당연히 그사이에 일이 터졌을 가능성은 없고.

"낮에 누군가와 관계를 했을 가능성은 없나?"

"없다고 봐야지요. 회사에서 그렇게 시간적 여유가 있는 것도 아니고."

물론 직업적 특성에 따라서 차이가 있을 수 있지만, 상식적으로 업무 시간에 누군가 애정 관계를 가지는 것은 불가능하다.

"더군다나 그런 관계였다면 그걸 가지고 공범을 이야기할 리는 없지요."

"끄응…… 그렇지."

"결국 나이트클럽에서 벌어졌다는 건데."

"하지만 그쪽에서는 손님을 내보내고 난 후에 별일이 없었다는데."

"흠……."

노형진은 머리를 북북 긁었다.

"같이 간 친구들의 말은?"

"없어져서 찾고 난리도 아니었대."

"그래서 그 시간이 얼마나 걸렸는데?"

"응?"

"없어진 시간 말이야."

"글쎄, 그건 확실치 않다는데?"

노형진은 머리가 마구 굴러가기 시작하는 것을 느꼈다.

"시간이 확실치 않다는 거야, 아니면 나중에 알았다는 거야?"

"둘 다. 나이트라는 공간이 좀 그렇잖아?"

"그건 그렇지."

나이트클럽은 상당히 시끄럽고 또 시간관념이 없어지는

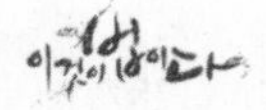

공간이다. 애초에 그곳에는 시계도 없다.

고의적으로 시계 같은 것을 배제하도록 설계되어 있는 것이다.

"거기에다가, 여자들이 나이트에 가면 어떤지 알잖아?"

"알지."

여자들은 부킹이라는 명목하에 여기저기 끌려다닌다.

거부하고 일어나도, 나오는 와중에 다른 웨이터한테 다른 곳으로 끌려간다.

"그렇다 보니 서로 어디 있는지 찾는 것도 쉬운 게 아니지."

"흠……."

그렇게 끌려다니다 보면 아무래도 언제 어디로 사라졌는지 알기 힘들어지는 것이 사실이다.

그러던 와중에 사라지면 알아서 집에 갔으려니 하고 가는 경우도 많고.

"나이트라는 공간의 특성상 시간을 특정할 수 없다라."

"그렇지."

"가해자는 뭐래?"

"자기는 만나고 30분 만에 데리고 나왔대."

"그래?"

"응. 거짓말은 아닌 것 같고."

"거짓말할 이유는 없지."

그는 현재 어떻게 해서든 합의서를 받기 위해서 사력을 다

해서 협조하고 있는 상황이다. 그러니 그런 상황에서 쓸데없이 시간을 가지고 거짓말할 이유는 없다.

"가해자 쪽 사람들은?"

"그쪽도 마찬가지야. 여자랑 나간 후에는 딱히 모른다는 입장이고."

"혹시 그 사람들이 공범일 가능성은?"

손채림은 고개를 흔들었다.

"아무래도 무리야. 그 사람들 대부분 먼저 갔다고 하더라고."

"응?"

"다섯 명이 갔는데, 그중 세 명은 피곤하다고 먼저 들어갔어. 남은 한 사람은 그가 여자랑 가고 난 후에 혼자 집에 갔는데, 나가자마자 택시를 탔어. 카드로 택시비를 결제한 기록이 남아 있으니 그는 범인이 아니지."

"음……."

결국 나이트 내부에서 그런 일이 벌어졌다는 건데…….

"그런 게 가능한가?"

"글쎄요."

나이트는 어딜 가나 사람이 북적거리는 공간이다. 당연히 그런 게 가능할 리 없다.

"의뢰인들의 입장에서는 돌아 버릴 일이기는 하지만 말이야."

"흠……."

손채림은 잠시 고민하다가 뭔가 생각난 듯 고개를 들었다.

"그쪽 전문가에게 물어보는 건 어때?"

"그쪽 전문가? 업자에게 물어보자는 거야? 그런 걸 이야기해 줄까?"

그건 그다지 신빙성이 없다.

애초에 업자는 자기가 먹고살려고 하는 건데 그런 것에 대해서 이야기해 줄 리도 없거니와, 대부분 나이트는 폭력 조직과 연계되어 있다.

"그거 말고."

"응?"

"거기서 일하는 사람 말이야."

"그런 사람? 그런 사람이라면 뭐 알지도 모르지만, 그렇다고 이야기하겠어? 더군다나 그런 사람 중에 아는 사람도 없고."

"넌 모르지만 난 있어."

"응?"

"넌 기억 안 날 거야. 광수라고."

"광수?"

누구인지 알지 못하는 사람이었기 때문에 노형진은 고개를 갸웃했다.

기억이 안 날 거라고 했으니 자신과 접점은 있었다는 뜻인데 그걸 기억하지 못한다는 것은…….

'나와는 그다지 관련이 없는 사람이라는 뜻인데.'

더군다나 나이트와 관련된 자라면, 특히나 자신들의 나이를 생각하면 그 사람은 잘해 봐야 삐끼 정도 하는 나이다. 변호사인 자신이 그런 사람을 알 리 없다.

"중학교 때 일진이었어. 4반이었지."

"그럼 옆반 아니야?"

"맞아."

중학교 때면 노형진이 학교를 그만두고 검정고시를 치기로 마음먹은 시점이다. 그러니 그 당시에 옆반의 일진 같은 것을 알고 있을 리가 없지 않은가?

"그런 녀석이 있었던가? 그런데 네가 그런 녀석을 어떻게 알아?"

그녀도 그다지 일진 타입은 아니다. 그러니 그런 사람과 친하게 지냈을 리 없다.

"아, 내가 아는 건 아니고, 내 친구 중 한 명이 그 녀석을 봤어."

"봤다고?"

"응."

일진이라고 아이들을 괴롭히고 돈을 빼앗던 녀석이다 보니 공부를 썩 잘하는 타입은 아니었다.

그나마 나중에는 멀쩡하게 기업을 다니는 녀석도 있지만 그 녀석은 아니었다.

노형진은 모르지만 중 3 때부터 가출을 밥 먹듯이 하고 고등학교는 아예 거의 안 나오더니 인생이 나락으로 떨어진 경우였다.

“내 친구가 나이트 갔다가 봤대. 삐끼 노릇을 하고 있다던데?”

노형진은 씁쓸한 표정이 되었다.

“삐끼?”

“응.”

“어이가 없구만.”

사람들은 나이트 웨이터라고 무시하지만 그들도 엄연하게 직장인이고 계급이라는 것이 있다.

속칭 웨이터라고 불리는 사람들.

그들은 그냥 일하는 직장인이 아니다. 그들은 자기 손님을 기준으로 돈을 받는다. 그래서 어느 정도 경험이 있고 인맥이 있는 사람들이다.

그들은 주로 손님을 관리하는 역할을 한다.

그 아래에는 새끼 웨이터들이 있다. 경험이 부족하고 아직 일을 배우는 단계. 그들의 업무는 말 그대로 웨이터다.

온갖 심부름과 술 심부름을 하는 사람들이 대부분 그런 사람들이다.

그리고 그 아래가 삐끼다.

술에 취해서 헤롱거리는 손님들을 끌고 오는 역할을 하는, 가장 열악한 취급을 받는다.

“보통은 우리 나이면 못해도 새끼 웨이터는 하지 않아?”

“자기 잘난 맛에 고개 빳빳하게 들고 다니던 녀석이니 숙이는 게 쉽겠어?"

"하긴."

학교에서는 힘이 있으면 일진이고 또 힘으로 사람을 패서 다치게 해도 학생이라고 봐준다.

그래서 기고만장하게 살았지만, 사회에 나오면 그건 타이틀이 아니라 족쇄가 되어 제대로 된 직업을 가지는 게 힘들다.

그러니 한때 깔봤던 사람들에게 고개 숙여 가면서 데리고 가는 수밖에 없는 것이다.

"하여간, 그 녀석이라면 돈만 준다고 하면 뭐든 이야기할 것 같은데."

"음……."

노형진은 잠깐 고민했다.

그러나 고민은 짧았다.

어차피 정보가 필요한 상황이고 지금 상황에서 제일 확실한 정보를 가지고 있는 것은 그런 직종에서 일하는 녀석들이다.

"이름이 뭐라고 했지? 혹시 그 녀석 연락처를 알아? 아니, 알 리 없나?"

⚖

조광수는 앞에 있는 사람을 보고 안절부절못하고 있었다.

'소문은 들었는데.'

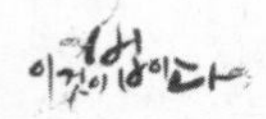

자신이 일진 노릇에 빠져서 정신 못 차릴 때 희대의 천재가 옆반에 나타났다는 소리가 들려왔다.

그는 자기 담임을 감방으로 넣어 버리고는 학교를 그만뒀다고 했다. 그리고 소문으로는, 엄청 유명한 변호사가 되었다고 하던가?

'그런데 왜 날……?'

그런 그가 자신을 찾아왔다는 생각에 조광수는 살짝 겁을 먹었다.

'설마 내가 삥 뜯었던 새끼들이 고용한 건가?'

그 당시에 일진 노릇 하면서 돈을 빼앗았던 경험이 많은 그는 그게 더럭 겁이 났다.

안 그래도 삐끼 노릇을 하면서 먹고살 만큼 버는 게 빡빡하다 못해 죽을 맛이다. 그런데 소송까지 걸리면…….

"자, 자! 긴장하지 마세요. 나쁜 일은 아니니까."

"그런가요?"

"참 애매하네요."

같은 학교 출신이기는 하지만 대화는커녕 본 적도 없으니 어색하다.

더군다나 한 명은 성공한 삶을 살고 있고, 한 명은 밑바닥의 삶을 살고 있으니.

"정보가 필요해서 온 겁니다. 그 정보만 주신다면 합당한 가격을 드리지요."

"정보?"

"네. 혹시 오렌지 나이트 아세요?"

"오렌지 나이트라고 하면……."

그는 머리를 열심히 굴렸다.

자신이 일하는 곳은 아니지만 대충 소문은 들었던 곳이다.

"대충은요."

"그곳에서 강간 사건이 벌어졌는데 내부 관계에 대해서 정보가 없어서요."

"네?"

"혹시 술 취한 여성을 다른 곳으로 돌리거나 하는 일이 있습니까?"

"네?"

"그러니까 그, 뭐라고 그러지? 응?"

노형진이 뭔지 생각나지 않는지 물끄러미 손채림을 바라보자, 손채림은 한심스럽다는 듯 그를 바라보면서 말했다.

"부킹."

"아, 맞다, 부킹. 그 부킹이라는 걸 하다가 술 취한 여자를 빼서 다른 곳으로 보내는 경우가 있느냐 이겁니다."

"그거야……."

약간은 주저하는 광수를 보면서 노형진은 제법 두툼한 봉투를 꺼내 들었다.

"100만 원입니다. 정보료로 드리지요. 단, 정확한 정보를 주신다면요."

그 돈은 가해자가 내놓은 돈이다.

어떻게 해서든 진범, 아니 자기보다 먼저 강간한 놈을 잡아야 자기 인생이 사니까. 그는 필사적이었다.

"100만 원요?"

그 돈이면 한 달 내내 삐끼 노릇을 해야 벌 수 있는 돈이다. 그것도 상당히 운이 좋아야 말이다.

그걸 본 광수의 눈이 반짝거렸다. 욕심이 난 것이다.

'그래, 어차피 누가 알겠어.'

자신이 말했다는 것만 모른다면 상관없는 일 아닌가?

"비밀을 지켜 주신다면야……."

"그러지요."

"일단은 손님방에 들어온 여자를 무단으로 빼 갈 수는 없습니다. 손님이 항의하거든요. 그러다가 대판 싸운 적도 있고."

잘 놀던 중에 화장실에 간 여자를 웨이터가 다른 곳에 끌고 갔다가 싸움이 났다는 것.

더군다나 나이트는 소위 말하는 홈런이라는 것을 노리고 오는 놈들이 많아서 여자를 빼내는, 특히 술에 취한 여자를 빼내는 행동에 대해서 상당히 거북스러워한다는 것이다.

"그러니까 술 취한 여자를 빼내서 보내 주는 경우는 없다 이거죠?"

"네."

증언에 따르면 그 여자는 상당히 술에 취해 있었다고 했다.

그러니 술에 취한 여자가 걸어 나올 리는 만무하니 당연히 강제로 빼내 왔다는 것인데.

'이상하네.'

확실히 이상한 일이다.

그런 식으로 술에 취한 사람을 끌고 나오면 문제가 될 텐데 말이다.

"강간 사건이면 범인이 잡힌 건가요?"

"범인은 어렵지 않게 잡았습니다만, 그 전에 강간한 다른 놈이 있는 것 같아서요."

"아아아."

대충 상황을 알 것 같다는 표정이 되는 광수.

아무래도 이 바닥에서는 흔하게 벌어지는 일이니까.

"다른 사람이 강간하거나 그랬을 가능성은 별로 없나요?"

"나이트라는 곳 자체가 그럴 만한 공간이 없어서요."

가능하면 사람을 많이 받기 위해서 나이트는 공간이 꽉 차 있다. 작은 공간도 창고로 활용하고, 그래서 사람이 있을 만한 공간이 없다.

더군다나 강간하려고 한다면 데리고 나가서 모텔을 가는 것이 보통이다.

위험하게 사람들이 가득한 나이트클럽에서 강간을 하는 놈은 없으리라.

"그러면 범인이라고 할 만한 사람들은?"

"글쎄요……. 워낙 많은 놈들이 오니까요. 죄다 발정이 나서 오다 보니……."

거친 표현이기는 하지만 틀린 말은 아니다.

대부분의 사람들, 특히 남자들은 비슷한 목적을 가지고 있기 마련이다.

설사 아니라고 해도 기회가 된다면 거절은 하지 않을 것이다.

'그게 강간인 걸 모르니까 문제지.'

일단 확실한 것은, 일반적인 상황이라면 강간은 불가능하다는 것이 광수의 의견이었다.

"흠……."

노형진은 고민하는 표정이 되었다. 손채림도 답이 없다는 표정을 지었고 말이다.

그 표정을 본 광수는 안절부절못하기 시작했다.

자신이 생각해도 자신이 준 정보는 부정확하다. 그러니 저 100만 원을 못 받을지도 모른다는 생각이 든 것이다.

'어떻게 해서든 받아야 해.'

그는 열심히 머리를 굴렸다.

저 돈만 있으면 어떻게 해서든 이번 달 카드값은 막을 수 있으니까 무조건 받아야만 했다.

그리고 마침내, 그의 머릿속에서 한 가지 생각이 떠올랐다.

"저기…… 강간이라면 한 가지 가능성이 있는데……."

"무슨 가능성요?"

"웨이터는 조사해 보셨나요?"

"네?"

"웨이터? 무슨 웨이터요?"

"그러니까…… 정확한 건 아니고, 맨 처음에 이 일을 시작할 때 선배가 이야기해 준 게 있는데……."

"선배요?"

"네. 저야 뭐, 바깥에서 도는 삐끼라 잘 모르지만 안쪽으로 들어오면 좋은 일이 있을 거라고……."

"안쪽?"

"네."

광수의 말에 따르면 술에 취해서 헤롱거리는 여자 손님 중 쓸 만한 여자가 있으면 가장 먼저 손대는 놈이 임자라는 것이다.

"그게 무슨 말입니까?"

"아무래도 기억을 못 하니까……."

"설마……."

노형진은 손채림을 바라보았다. 손채림도 당황한 듯했다.

"웨이터들이나 직원들은 그냥 참고인으로 생각해서 질문만 했지, 조사는 안 했어. 한두 사람도 아니고."

즉, 강간 사건에 가장 관련이 없어 보이는 사람이라는 뜻이다.

하지만 그들도 남자다. 그리고 여자들이 취했을 때 가장 먼저 데리고 움직이는 녀석들이고.

"자세하게 말해 봐요."

"그러니까……."

술에 취한 여자가 있으면 그냥 손님에게 보내도 되지만, 가끔은 자기들끼리 소위 말하는 돌려 먹기를 한다는 것이다.

"그건 집단 강간이잖아요!"

손채림은 어이가 없다는 표정이 되었다.

집단 강간이라니?

"술에 취하면 기억을 못 하니까요."

"헐."

생각지도 못한 방향으로 일이 커지자 노형진은 머리가 지끈거리는 느낌이었다.

"그 말, 사실입니까?"

"저도 몰라요. 난 그냥 삐끼이고, 소위 말하는 썰이라고 풀어낸 거니까."

"음……."

썰, 그러니까 거짓말일 수도 있다는 뜻이다.

하지만 거짓이 아닐 수도 있다.

'확실히 가능성이 있어.'

나이트라는 공간을 가장 잘 아는 사람은 누굴까? 당연히 직원이다.

특히나 웨이터라는 존재는 아주 잘 알 수밖에 없다.

더군다나 웨이터들은 일을 하다 보면 빈 룸이 어디인지 알 수가 있다. 그러니 공간을 확보하는 것도 불가능한 것은 아니다.

외부는 음악으로 시끄럽고 내부는 어느 정도 방음이 되니까.

"알겠습니다."

"어…… 저기, 질문은 끝인가요?"

광수는 다급하게 일어났다. 질문이라고 해서 어마어마하게 걱정했는데 생각보다 짧았던 것이다.

혹시나 돈을 못 받는 건지도 모른다는 생각에 그는 어쩔 줄 몰라 했다.

"아, 네……. 대충요. 돈은 드리겠습니다."

노형진이 봉투를 건네자 잽싸게 받는 광수.

그는 다급하게 인사를 하는 둥 마는 둥 하고 커피숍 바깥으로 나갔다.

그리고 둘만 남은 손채림과 노형진은 심각하게 이번 문제에 대해서 고민하기 시작했다.

"진짜라고 생각해?"

"충분히 가능성이 있어."

"그래?"

"그래. 생각해 봐. 이런 일이 벌어진다면 기억이나 하겠어?"

"못 하겠지."

"더군다나 상황도 그걸 가리키고 있고."

"상황이라니?"

"만일 집단 강간을 한 상태에서 여자가 다른 손님에게 끌려가서 강간을 당했다면 무슨 생각을 할까?"

손채림은 구역질이 난다는 표정이 되었다.

"독박이겠네."

"그래."

만일 기억이 없는 상황에서 여자가 끌려갔고 남자가 강간을 했다면, 그녀의 몸에 남은 강간의 흔적은 모두 그녀를 데리고 간 손님이 뒤집어쓰게 되는 것이다.

"상황도 상황이고, 가능성은 충분해."

"끄응."

가능성은 무시하는 게 아니다.

그곳에 있는 사람들은 대부분 남자다. 당연히 그런 일이 있을 수도 있다.

'더군다나…….'

이런 말을 하면 사람을 무시하는 게 될 수도 있지만 그들의 과거를 보면 상당히 질이 안 좋은 사람들이 많다.

멀쩡한 조직도 리더가 잘못 들어오면 타락의 극치를 달리게 되는 게 현실인다.

그런데 상대적으로 도덕적 관념이 약한 그들이 손님보다 나을까? 애초에 손님도 불측한 생각을 가지고 오는 사람들이 적지 않은데?

"아무래도 그 부분에 대해서는 확인해 봐야 할 게 있어."

"네? 주량요?"

"네."

피해자인 소주미는 사건과 관련이 없는 질문에 짜증이 났다.

"그 미친놈이 이제 주량을 가지고 뭐라고 해요? 아, 진짜 이 미친 새끼를. 변호사가 한번 조사해 보자고 해서 하는 거지."

"진정하세요."

"지금 진정하게 생겼어요? 그 새끼는 강간범이라고요! 그쪽 변호를 담당한다고 편들어 주는 모양인데……!"

"엄밀하게 말하면 저희가 받은 의뢰는 사라진 몇 시간에 대한 조사이지 변론이 아닙니다. 더군다나 함께 의뢰하셨잖아요? 그러니까 그쪽 변호사라는 말은 틀린 말이지요."

"돈은 그쪽에서 냈잖아요!"

"하지만 그런 식으로 보면 저희와 친한 건 피해자인 소주미 씨의 변호사지요."

"끄으응."

"저희는 일을 정확하게 하려고 하는 겁니다."

소주미는 짜증이 났지만 더 이상 말하지 않았다. 어차피 말해 봐야 자신만 화가 날 테니까.
"한 두 병 반쯤 돼요."
"맥주로요?"
"소주요."
"그래요?"
노형진은 눈을 찡그렸다.
소주 두 병 반이면 적지 않은 주량이다.
"맥주로는?"
"맥주는 그다지 취하지 않아서. 왜요?"
"그날 취해서 일이 터진 거잖습니까?"
"그런데요?"
"이상하지 않습니까? 여자분치고는 상당히 주량이 센데 말이지요. 혹시 끌려다니면서 양주 많이 드셨습니까?"
"난 거기에 춤추러 간 거지, 술 얻어 먹으러 간 거 아니거든요! 뭐, 가끔 목이 말라서 술 한 잔씩 얻어먹기는 했지만……."
말을 하다가 소주미 스스로도 뭔가 이상하다는 생각이 들었다.
자신의 주량이 적지 않다. 그런데 왜 그날은 그렇게 쉽게 취했을까?
"컨디션이 안 좋았던 걸까요?"
"아무리 그래도 그렇게 갑자기 주량이 확 줄지는 않지요. 더군다나 그렇게까지 양이 줄 정도면 그날 내내 몸이 좋지 않았어야 하는데……."

"그런 느낌은 없었는데……?"

소주미는 이상하다는 듯 말했다.

그러자 듣고 있던 손채림이 한 가지 가능성을 제기했다. 강간 사건에서 흔하게 나오는 물건이 생각난 것이다.

"물뽕 아니야?"

"물뽕?"

"네. 그 데이트 강간약이라고 하는 거요."

"아!"

소주미는 아차 하는 생각이 들었다.

그거라면 술에 취한 것처럼 그와 같은 증상이 나타난다는 소문을 들은 적이 있다.

"그러면 어떤 방에서 그걸 먹였다는 건가요?"

"그럴 가능성도 높지만……."

노형진은 심각한 얼굴이 되었다.

"하지만 나이트에서는 물뽕을 쓰는 경우가 드물죠."

"응? 왜?"

"물뽕은 생각보다 고가야. 엄연하게 마약이라고."

한국은 마약 청정국 지위를 가지고 있기 때문에 마약에 대해서는 엄벌하는 성향이 있다. 그런 곳에서 물뽕을 구하는 것은 쉬운 일이 아니다.

설사 구한다고 해도 낮은 가격은 아니다.

"더군다나 나이트라는 곳은 여자들이 이리저리 끌려다녀."

약에 취하기도 전에 다른 곳에 가 버리는 일이 많을 수밖에 없다. 그러니 섣불리 쓸 수도 없다.

"물뽕을 이용한 범죄를 보면 보통은 피해자가 정확하게 특정되어 있어. 표적이 있다는 거지. 나이트처럼 사람이 많은 곳에서 누구 하나 걸려라 하는 게 아니라."

"음?"

"그리고 말이야, 물뽕을 그렇게 불특정 다수에게 쓰면 누군가 이상하게 생각하지 않겠어?"

"그런가?"

"생각해 봐. 들어간 지 채 10분도 안 되어서 사람이 인사불성이 된다? 거기에다가 그곳에 갔다 왔던 사람은 다 그런다?"

그러면 누군가는 의심하게 될 것이다.

그리고 그들 중 한 명이라도 마약 검사를 하게 되면 당연히 경찰이 끼게 될 테고 말이다.

"결국 누군가 하나 노리고 들어왔다는 건데."

"지금 무슨 말을 하는 거예요?"

"그게……."

노형진은 고민했다.

안 그래도 정신적으로 고통을 받고 있는 사람이다. 그런데 사실을 말해야 하는지 고민이 드는 것이다.

'안 되겠어.'

기본적으로 진실을 말하는 게 중요하기는 하지만 그건 어디까지나 의뢰인에게 이득이 되거나 그의 판단이 필요할 때뿐이다.

어떤 여자에게 집단 강간을 당했다는 말을 한다면, 그 여자의 정신이 어떻게 되겠는가?

"그게……."

손채림도 그걸 알기 때문인지 주저하면서 말을 못 했다.

"왜 말을 안 해요? 빨리 말 안 해요?"

뭔가 눈치챈 소주미는 화를 벌컥 냈다.

노형진은 그런 그녀를 보면서 잽싸게 머리를 굴렸다.

"물뽕이 문제라고 생각합니다."

"물뽕?"

"네. 물뽕을 먹으면 기억상실 효과가 있다고 알려져 있지요. 그러니 누군가 소주미 씨를 노리고 술에 약을 탔을 거라 예상하고 있습니다."

"어쩐지 기억이 하나도 없더라니! 이런 씨발 놈!"

"아, 의뢰인은 아니라고 생각됩니다."

"뭐라고요!"

"기억을 상실시키기 위해서 물뽕까지 먹였는데 카메라가 달려 있는 모텔로 갈 리가 없지 않습니까?"

"음……."

"상대방이 누군지 모르지만 약을 썼을 가능성이 있다면 자

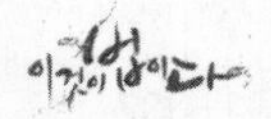

기를 은폐하는 데 능숙한 녀석일 겁니다."

노형진의 말에 소주미는 길길이 날뛰었다.

그 범인이 누군지 잡히면 당장이라도 죽여 버릴 듯한 기세였다.

"제가 확인하고자 한 건 그겁니다."

"그래서 그놈은 잡을 거예요?"

"잡을 테니까 걱정하지 마세요."

분노하는 그녀를 달래서 보낸 노형진은 손채림의 맞은편에 앉아서 한숨을 내쉬었다.

"어떻게 할 거야? 그냥 감춰?"

"모르겠다. 일단은 변호사와 이야기해 보고 피해자 부모님과도 이야기해 봐야지. 안 그래도 강간에 임신까지 해서 정신적으로 불안정한데……."

"음……."

지금도 사소한 것에 극도로 흥분하는 그녀의 모습을 볼 때, 집단 강간 사실을 말하는 것은 그녀의 정서에 좋은 선택이 아닌 듯했다.

"일단 그 문제는 조사하고 생각해 보자. 그런데 말이 안 되는 게 있잖아."

"뭐가?"

"진짜 누가 먹였는지 어떻게 알아? 그녀가 끌려간 방이 한두 곳도 아니고. 설사 몇 군데였는지 기억한다고 해도, 그곳에 누가 들어가 있었는지 알 방법이 없잖아."

"그건 그렇지. 하지만 난 다르게 생각해."

"응?"

"부킹을 하는 남자들이 약을 먹이거나 할 가능성은 높지 않아. 위험하니까. 하지만 나이트 직원이라면 이야기가 달라지지."

"아니, 왜? 그들이 술을 먹는 것도 아닌데?"

"하지만 컵을 가져다주잖아."

"……."

손채림은 바로 알아들었다.

물뽕은 무색무취다. 그걸 가져다가 컵에다 발라 두면 누구도 알아차리지 못한다.

"어쩌면……."

노형진은 앞이 캄캄했다.

"이번 일은 생각보다 더 복잡할지도 모르겠다."

다음 권으로 이어집니다

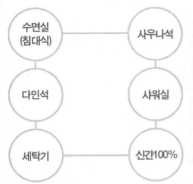

마운드의 제왕

정한담 스포츠 장편소설

ROK SPORTS FANTASY STORY

혜성처럼 나타난 야구계의 이단아
환상의 제구로 마운드에 우뚝 서다!

한국 야구계의 전설 최동훈의 피를 물려받았지만
야구선수로서의 능력은 제로였던 최성호

'패전 전문 투수', '물투수' 등
치욕적 별명만 얻은 채 입대를 하게 되고
야구에 대한 꿈을 접으려 할수록 미련은 강해져만 가는데……

그런 그의 눈앞에 나타난 건
어릴 적 받은 야구 카드의 주인공, 새철 트레벌?

더 이상 아버지의 이름을 더럽힐 수는 없다!
스승과의 하드 트레이닝을 통해
마운드의 제왕으로 거듭나라!

소울 시너지

SOUL SYNERGY

구현 현대 판타지 장편소설

이성과 경험의 정문현, 본능과 감의 이영호
두 영혼의 초월적인 시너지로 불합리한 세상에 맞서다!

무역회사 중역으로 살다가 암 투병 중 사망한 정문현,
목적 없이 살던 고아, 이영호의 몸속으로 들어갔다!
뭐? 둘의 영혼이 저승의 실수로 합쳐진 거라고?

한 개의 영혼, 두 개의 기억
저승사자의 사과 선물로 받은 수상한 인벤토리로
소박해도 좋으니 행복하게만 살자고 다짐하는데……

고아원 원장부터 경찰들까지,
나한테 왜 이렇게 갑질을 해 대는 거야?

'평범'을 지향하는 이영호의
세상의 갑질을 향한 기상천외 사이다 원 샷!